Aus dem Nichts

Roman in Einfacher Sprache

Spaß am Lesen Verlag
www.einfachebuecher.de

Autorin: Marion Döbert
Redaktion: Jürgen Genuneit
Druck: Melita Press, Malta

ISBN 978-3-947185-54-2

Marion Döbert

Aus dem Nichts

Roman in Einfacher Sprache
nach dem Film von Fatih Akin

Schwierige Wörter oder Ausdrücke sind unterstrichen. Die Erklärungen stehen in der Wörter-Liste am Ende des Buches.

Inhalt

Der Anfang

Ich höre sie toben.
Ich höre sie rufen.
Die Häftlinge.
Die Knackis.
Ich höre, wie sie gegen die Gitter schlagen.
„Jetzt wird es ernst!“, schreit einer.
Sie klatschen.

Sie rufen aus ihren Zellen heraus:
„Nuri! Nuri! Nuri!“

Mein Nuri.
Ich warte auf ihn.
Hier in diesem ungemütlichen Raum.
Wie eine Turnhalle sieht es hier aus.
Ich stehe hier.
In meinem weißen Kleid.
Schön eng geschnitten.
Meine Schultern sind nackt.
Meine blonden Haare fallen weich.
Ich warte auf ihn.
Ich bin nervös.
Nie hätte ich gedacht,
dass wir so etwas machen.
So was Normales.
So was Spießiges.

Na gut, so normal ist es auch wieder nicht.
Hier im Knast.
Hier in diesem Saal,
ohne Glanz.

Plötzlich geht die Tür auf.
Ich höre die Männer noch schreien.
Und dann kommt Nuri rein.
Was für ein stattlicher Mann!
Groß und strahlend.
Seine schwarzen Haare hat er zusammengebunden.
Sein schwarzer Bart ist sorgfältig gebürstet.
Wie gut Nuri aussieht, in seinem weißen Anzug!
Er kommt rein wie ein Tänzer.
Wie ein glücklicher Tänzer zu seiner Tänzerin.
Wir umarmen uns.
Am liebsten würden wir uns nie wieder loslassen.

Vier Jahre Knast sitzt Nuri hier ab.
Wegen seiner Sache mit den Drogen damals.
50 Kilo Haschisch hatte er bei sich.
Da war den Bullen klar: Nuri dealt.
Nuri handelt mit Drogen.
Ich war auch nicht ganz ohne Drogen.
Ich habe Haschisch bei Nuri gekauft.
So hatten wir uns kennen gelernt.
Drogen sollten unser Leben leichter machen.
Aber die Drogen haben uns getrennt.

Vier Jahre Knast!
Eine lange Zeit.

Und heute hier:
Der Tag unseres Lebens!
Unser Tag für ein neues Leben.
Alles wird gut!
Ich spüre es:
Wenn Nuri aus dem Knast kommt,
dann wird alles anders.

Die Ringe

„Katja Jesse“, sagt der Mann, der vor uns sitzt.
„Wollen Sie diesen Mann, Nuri Sekerci,
zu Ihrem Mann nehmen?“
Nicht eine Sekunde zögere ich.
„Ja!“, sage ich, schwindelig vor Glück.
Der Standes-Beamte wendet sich zu Nuri.
„Nuri Sekerci, wollen Sie diese Frau, Katja Jesse,
zu Ihrer Frau nehmen?“
Nuri strahlt über das ganze Gesicht.
„Ja!“, sagt er.
Und *wie* er es sagt!
Stolz, klar und glücklich.

„Dann nehmen Sie nun Ihre Ringe“,
sagt der Standes-Beamte.
Wir grinsen.
„Geht das auch so?“, fragt Nuri.
Dabei zeigt er auf unsere beiden Ring-Finger.
Der Mann ist überrascht.
Denn wir haben uns Ringe tätowieren lassen.
Direkt in die Haut.
Der Standes-Beamte lächelt.
„Ja, das geht wohl auch so.“

Rocco

So viele Jahre ist unsere Hochzeit jetzt schon her.
Und als Nuri aus dem Knast kam,
wurde ich sofort schwanger.

Sechs Jahre!
Das muss man sich mal vorstellen.
Sechs Jahre haben wir jetzt schon
unseren Sonnenschein.
In unserem Leben konnte nichts Besseres passieren.
Nichts Besseres als Rocco.
Unser Sohn.
Nuris und mein Kind.

Rocco hat unser Leben total verändert.
Nuri ist schon lange raus.
Nicht nur raus aus dem Knast.
Auch raus aus den Drogen-Geschäften.
Ich selbst rühre auch nichts mehr an.
Kein Haschisch, kein Koks.
Unsere Droge ist unsere Liebe.
Und unsere Liebe zu Rocco.

Nuri arbeitet von morgens bis abends.
Nach dem Knast hat er sich alles neu aufgebaut.
Für mich, für Rocco und für sich selbst.
Er hat einen kleinen Laden gemietet.

Bei uns um die Ecke.
Dort hat er ein kleines Büro. Das läuft gut:
Er übersetzt für Türken.
Er hilft ihnen bei der Steuer.
Und er übersetzt für Straf-Fällige.
Für Leute, die auf die schiefe Bahn gekommen sind.
Nuri hat Betriebs-Wirtschaft studiert.
Im Knast hat er das gemacht.
Ab und zu besorgt er auch Tickets
für Flüge in die Türkei.
Wir kommen gut über die Runden.
Unser Rocco hat sogar Geigen-Unterricht.

Da fällt mir ein:
Ich muss unbedingt Rocco abholen!
Vom Geigen-Unterricht.
Heute Nachmittag bleibt er bei Nuri im Büro.
Ich will gleich in die türkische Sauna, in ein Hamam.
Zusammen mit meiner Freundin Birgit.
Wir lieben dieses Hamam und diese Zeit für uns.

„Komm, Rocco, wir müssen uns beeilen."
Ich ziehe ihn an der Hand.
„Ich bin zu spät dran", sage ich.
„Birgit wartet bestimmt schon im Hamam."

In dem Moment rast ein Auto an uns vorbei.
So nah, dass ich Rocco zur Seite reißen muss.

„Du Idiot!", rufe ich dem Fahrer hinterher.
Rocco ruft:
„Du Scheiß-Huren-Sohn-Wichser!"

Erstaunt sehe ich Rocco an.
„Scheiß-Huren-Sohn-Wichser?
Hast du das von Papa gelernt?"
„Nö", sagt Rocco.
„Im Geigen-Unterricht."

„Bim-bim" macht die Glocke von Nuris Büro-Tür.
Nuri strahlt uns an.
Jedes Mal strahlt er, wenn er uns sieht.
Wir sind seine kleine Familie!
Sein ganzer Stolz.

Rocco läuft ihm in die Arme.
„Hallo Papa!"
Was für schöne Wörter das sind:
Papa, Mama.
Rocco ist der Schatz unseres Lebens.

„Ich muss sofort weiter", sage ich zu Nuri.
„Birgit wartet bestimmt schon auf mich.
Tschüss, ihr beiden."

Nuri küsst mich noch schnell.
Rocco sitzt schon vor dem Computer.

„Und nicht so viel damit spielen“,
rufe ich Rocco noch zu.
„Mama“, sagt er, „mach dir keine Sorgen.
Ich hab doch schon eine Brille.“
„Bim-bim“ macht die Tür-Glocke.
Und schon bin ich wieder draußen auf der Straße.

Eine junge Frau stellt ihr Fahrrad ab.
An der Laterne vor Nuris Büro.
Ein ganz neues Fahrrad.
Mit einem großen Koffer auf dem Gepäckträger.
So wie ein Motorrad-Koffer.
„Du musst dein Fahrrad abschließen!“,
rufe ich ihr zu.
„Sonst wird dir das geklaut.
Unter Garantie.“
Die junge Frau geht schnell weiter.
„Ich bin sofort wieder da“, sagt sie.

Ich schüttel den Kopf.
Wie dumm von ihr.
So was wird hier doch sofort geklaut.
So ein neues Fahrrad.
Aber ich habe sie ja gewarnt.

Im Hamam

„Dein Bauch ist schon wieder gewachsen",
sage ich zu Birgit.
Sie erwartet ihr erstes Baby.
Es wird auch ein Junge. Wie unser Rocco.
Glücklich streicht Birgit über ihren Kugel-Bauch.
Seit zwei Stunden schwitzen wir zusammen
im Hamam.
Wir legen uns auf die warmen Steine.
„Herrlich!", sage ich.
„Ja." Birgit streckt sich wie eine Katze.
„Aber nachher muss ich noch in die Stadt.
Baby-Sachen kaufen."

„Unsinn!", sage ich.
„Du kannst doch die Klamotten von Rocco haben.
Ich habe noch alle seine Baby-Sachen.
Die sind alle in Ordnung.
Brauchst nichts zu kaufen.
Ich schenke sie dir gerne."

Birgit gähnt und räkelt sich auf dem warmen Stein.
„Gut, dann bleiben wir für immer hier liegen."
Plötzlich sagt sie:
„Hey, du hast ja ein neues Tattoo.
Ein japanischer Schwert-Kämpfer.
Das muss aber ganz schön wehgetan haben."

„Ist noch nicht ganz fertig“, sage ich.
„Aber das wird mein letztes Tattoo.
Nuri hat gesagt,
dass er mich sonst verlässt.“

Blaulicht

„War das herrlich“, sage ich zu Birgit.
Wir verabschieden uns vor der Sauna.
„Bis nächste Woche“, sagt Birgit
und winkt mir noch zu.

Ich fühle mich warm und wohlig.
Und ich habe großen Hunger.
Jetzt noch Nuri und Rocco abholen.
Und dann gibt es leckeres Abendessen.

Ich habe es mit dem Wagen nicht sehr weit.
Noch drei Minuten, dann bin ich beim Büro.
Doch plötzlich stockt der Verkehr.
Es geht nicht weiter.
Ich stecke im Stau.
Nichts geht mehr.
So ein Mist, denke ich. Ausgerechnet jetzt!

Ich höre Sirenen.
Ich sehe Blaulicht.
Viele Blaulichter.
Polizei! Feuerwehr!
Rettungs-Kräfte!

Ich drehe das Fenster runter.
Die Auto-Schlange setzt sich in Bewegung.

Eine Polizistin ruft:
„Fahren Sie weiter!
Sie können hier nicht stehen bleiben.
Los, los! Weiterfahren!"

Die Sirenen dröhnen in meinem Kopf.
Was ist da los?
Was ist passiert?
Die ganze Straße ist abgesperrt.
Die Straße, wo Nuri und Rocco auf mich warten.

Ich stürze aus dem Auto.
Ich renne los.
Polizisten wollen mich festhalten.
Ich wehre mich, ich schlage um mich.
Sie nehmen mich in den Klammer-Griff.
Sie drücken mich auf den Boden runter.
„Sie können da nicht hin!
Da war eine Explosion."

„Ich muss da hin!", schreie ich.
„Mein Mann! Mein Sohn!"
Ich schreie wie um mein Leben.
Ich will mich losreißen.
Aber sie packen mich nur noch fester.

Plötzlich erkenne ich vor mir das Büro.
Nuris Büro.

Da, wo er mich vor ein paar Stunden geküsst hat.
Da, wo Rocco mir zugewunken hat.
Mama, mach dir keine Sorgen ...

Das ganze Gebäude ist ausgebrannt.
Das Büro ist schwarz.
Es ist kein Büro mehr.
Es ist nur noch ein schwarzes Loch.
Ohne Tür und ohne Fenster.
Ein schwarzes, verkohltes Loch.

Hoffnung

Jemand ruft:
„Die Verletzten sind in der Halle.
Alle, die überlebt haben."
Welche Halle?
„Wo ist die Halle?", schreie ich.
Ein Sanitäter nimmt mich bei der Schulter.
„Ich bringe sie hin."

Hoffnung! Hoffnung!
Nur dieses Wort ist in meinem Kopf.
Und ihre Namen: Nuri – Rocco – Rocco – Nuri!
Sie pochen in mir so laut wie das Blut.
Überall ist Blut.
Überall an den Haus-Wänden.
Auf dem Geh-Weg, auf der Straße.
Alles ist voll Scherben.
Fetzen liegen herum.
Fetzen von was?
Man kann es nicht mehr erkennen.
Zerrissen, verkohlt.
Fetzen von etwas, das mal heil war.

Wo ist diese verdammte Halle?
„Atmen Sie ruhiger", sagt der Sanitäter.
„Ich will zu meinem Kind!
Ich will zu meinem Mann!"

Ich schreie und weine zugleich.
Mir ist übel.
Von dem Blut.
Von dem Rauch.
Von meiner wahnsinnigen Angst.

In der Halle liegen Menschen und weinen.
Sie liegen unter Schutz-Decken.
Überall riecht es verbrannt.
Nach verbranntem Fleisch.
Sanitäter halten Flaschen mit Infusionen.
Ich eile durch die Menge.
Ich sehe in jedes einzelne Gesicht.
Aber sie sind nicht dabei.
Jede Decke, jeder Körper ist neue Hoffnung.
Alle Überlebenden sind hier.
Alle, die überlebt haben.
Am Ende der Halle breche ich fast zusammen.
Sie sind nicht hier.
Nuri und Rocco.
Sie sind nicht hier.

Angst

Ein Mann kommt auf mich zu.
Er reicht mir seine Hand.
„Fischer ist mein Name.
Ich bin von der Personen-Auskunft.
Wir untersuchen, wer verletzt wurde.
Und wir informieren die Angehörigen.
Sie sind Frau Sekerci?“
Ich nicke.
„Ihre Angehörigen sind nicht hier, Frau Sekerci.“
Er schluckt.
„Es hat zwei Tote gegeben.
Einen Mann und ein Kind.“

Ich sehe ihn an.
So, als würde es ihn nicht geben.
Als wäre alles hier nicht wahr.

„Frau Sekerci, wir konnten die beiden Leichen
nicht identifizieren.
Wir konnten nicht feststellen,
um wen es sich handelt.
Wir müssen einen DNA-Test machen.
Wir brauchen mehr Hinweise.
Wir brauchen Gegenstände.
Gegenstände mit Spuren von Ihrem Mann
und von Ihrem Kind.“

„Nein!“
Ich schreie nur noch:
„Nein! Nein!“
Dieses alles hier soll es nicht geben.
Herr Fischer hebt mich vorsichtig vom Boden auf.
Ich spüre nichts mehr als dieses Nein!

Herr Fischer und eine Frau bringen mich nach Hause.
Die Frau ist vom Deutschen Roten Kreuz.

„Am besten wären die Zahnbürsten“, sagt Fischer.
„An Zahnbürsten ist Speichel.
Vielleicht auch Spuren von Blut.
Das würde uns helfen.“

Wir gehen ins Badezimmer.
Ich gehe wie durch dichten Nebel.
Durch schwere, graue Luft.
Ich gebe Fischer die Zahnbürsten.

„Nur die von Ihrem Mann, bitte.
Und die von Ihrem Sohn.“
Ich stelle meine Zahnbürste in das Glas zurück.
Nur ich bleibe hier übrig?

„Wir beeilen uns“, sagt Fischer.
„Ich komme wieder, sobald wir den Befund haben.
Die Frau vom Roten Kreuz bleibt so lange bei Ihnen.“

Befund.
Was für ein seltsames Wort.
Rotes Kreuz.
DNA.
Solche Wörter sind plötzlich in unserem Haus.
Wörter, die hier nicht wohnen sollen!
Wörter voller Schrecken.
Wörter voller Angst.

Die Frau bringt mich ins Wohnzimmer.
„Möchten Sie vielleicht jemanden anrufen?"
Ich sehe die Frau an.
Als wäre sie von einem anderen Planeten.
Aber sie holt mich ein Stück
aus dem Nebel heraus.
Aus dieser schweren, grauen Luft.

„Ja", sage ich.
„Ja, ich will anrufen:
Meine Freundin Birgit.
Nuris Eltern.
Meine Mutter und ihren Freund."

Die Frau hilft mir, die Nummern zu wählen.
Wenn ich nicht reden kann,
drückt sie meine Hand.
Wenn mir die Tränen kommen,
streicht sie über meinen Arm.

Etwas später sind alle bei mir:
Birgit, die Eltern von Nuri,
meine Mutter und ihr Freund Michel.
Wir schweigen.
Wir sitzen, warten und schweigen.

Nebel

Wir alle schrecken auf.
Es hat geklingelt.
Wer von uns geht jetzt zur Tür?

Hoffnung! Hoffnung!
Nur dieses Wort ist in meinem Kopf.
Ich stehe auf.
Ich gehe zur Haustür.
Ich öffne die Tür.
Fischer steht da.
Zusammen mit einem anderen Mann.

„Frau Sekerci", sagt Fischer.
Seine Stimme.
Ich höre es an seiner Stimme.
Sein kurzes Schweigen.
Ich höre es an seinem Schweigen.
Sein Blick.
Ich sehe es an seinem Blick.
Ich weiß alles.
Er soll jetzt nicht mehr reden!

Aber Fischer wird noch mehr reden.
Es ist seine Pflicht.
Es ist seine Arbeit.
Aber er ist auch nur ein Mensch.

Es fällt ihm schwer.
Ich führe ihn ins Wohnzimmer.
Alle sehen ihn an.
Birgit, Nuris Eltern, meine Mutter, Michel.

„Frau Sekerci“, sagt Fischer ein zweites Mal.
„Ich muss Ihnen leider die traurige Nachricht
überbringen ...“
Nebel! Keine Luft mehr.
Kein Atem!
Lasst mich taub werden!
Lasst mich sterben!
Jetzt! Jetzt!

Aber ich höre noch immer Fischers Stimme:
„... dass es sich bei den Toten
um Ihre Angehörigen handelt.“

Der Kommissar

„Frau Sekerci", sagt der Mann.
Der Mann, der mit Fischer gekommen ist.
„Haupt-Kommissar Reetz."
Er reicht mir seine Hand.
Er sieht mich sehr ernst an.
„Ich muss Ihnen leider jetzt schon
ein paar Fragen stellen.
Wir müssen schnell sein.
Wir müssen schnell ermitteln.
Wir wollen die Täter kriegen.
So schnell wie möglich."

„Täter?", frage ich.
„Was für Täter?"
„Frau Sekerci, die Explosion wurde
durch eine Bombe ausgelöst.
Durch eine Nagel-Bombe."

Ich kriege keinen Ton raus.
Eine Bombe vor Nuris Büro?

„War Ihr Mann religiös?", fragt Reetz.
„War er ein Muslim?"

Ich schüttel den Kopf.
„War Ihr Mann Kurde?"

Nuris Vater ist verärgert.
„Warum fragen Sie das?
Ich bin Kurde.
Ist das ein Verbrechen?“

Reetz sieht ihn an.
„Wir müssen in alle Richtungen ermitteln.
Vielleicht gibt es religiöse Gründe für die Tat.
Oder politische.“

Er wendet sich wieder zu mir.
„War Ihr Mann politisch aktiv?“
„Nein“, sage ich.

„Hatte er Feinde?“
„Welche Feinde denn?“, frage ich empört.

Reetz schweigt einen Moment.
„Die Bombe wurde direkt vor dem Büro gezündet.
Direkt vor dem Büro Ihres Mannes.
Wir müssen davon ausgehen,
dass der Anschlag Ihren Mann treffen sollte.
Wir müssen davon ausgehen,
dass man Ihren Mann töten wollte.“

Ich sehe Reetz entsetzt an.
„Wer? Warum?“
„Das müssen wir herausbekommen, Frau Sekerci.

Und das geht nur mit Ihrer Hilfe."
Ich nicke.

Reetz stellt weiter Fragen:
„Wo haben Sie Ihren Mann und Ihren Sohn gesehen? Heute, zum letzten Mal?"

„Heute Mittag", sage ich.
„Heute Mittag im Büro.
Als ich Rocco zu meinem Mann gebracht habe."

„Ist Ihnen da irgendetwas aufgefallen?
Als Sie Ihren Sohn ins Büro gebracht haben."

Mein Kopf ist leer.
„Ich kann mich nicht erinnern."
„Bitte versuchen Sie es, Frau Sekerci.
War irgendetwas anders als sonst?
Haben Sie etwas beobachtet?"
„Ich weiß nicht", sage ich.
„Ich weiß nichts mehr."

Doch plötzlich fällt mir die Frau wieder ein.
Die junge, blonde Frau mit dem Fahrrad.
Das Fahrrad mit dem Motorrad-Koffer.

Reetz merkt sich jedes Wort, das ich sage.
So, als würde er in Gedanken mitschreiben.

„Frau Sekerci, würden Sie uns dabei helfen,
ein Bild von dieser Frau zu erstellen?
Ein Phantom-Bild.
Dann hätten wir eine konkrete Spur."

Ich kann nicht mehr.
Ich schreie Reetz an:
„Ich will meine Liebsten sehen!
Meinen Mann, meinen Sohn.
Ich will zu den beiden.
Ich will die beiden sehen.
Bringen Sie mich hin!
Jetzt! Sofort!"

Reetz sieht mich an.
Seine Worte quälen ihn selber:
„Frau Sekerci, das, was Sie sehen werden,
das ist nicht das, was Sie erwarten.
Das sind keine Personen mehr.
Das sind Leichen-Teile."

Fragen

Birgit bleibt nachts bei mir.
Ich habe Angst alleine.

„Glaubst du, sie haben gelitten?", frage ich sie.
Birgit sieht mich an.
„Sie waren bestimmt sofort tot", sagt sie.
Und sie merkt, dass dieser Satz nicht hilft.
Dass dieser Satz so hart ist wie jeder andere Satz,
den sie sagen könnte.
Nichts kann helfen.

Trotzdem bin ich froh, dass Birgit bei mir ist.
Die Bilder lassen mich nicht los.
Die Bilder in meinem Kopf von Nuri.
Und die Bilder von meinem Kind.

„Stell dir vor, Birgit: Rocco liegt da am Boden.
Und er sieht seine eigenen Körper-Teile rumliegen.
Seine Arme, seine Beine."
Birgit umarmt mich ganz fest.
„Sie haben bestimmt nichts gemerkt, Katja.
Ganz bestimmt nicht!"
Nachts weinen wir zusammen.

Am Morgen kommen dann die anderen wieder:
Nuris Eltern, meine Mutter und Michel.

Birgit liest auf ihrem Handy,
was in den Nachrichten berichtet wird:
„Der wegen Drogen-Handel vorbestrafte
Nuri Sekerci …"
„Diese Schweine!", sage ich.
„Das schlachten sie jetzt aus gegen ihn."

„Ein islamistischer oder fremdenfeindlicher
Hintergrund wird ausgeschlossen …"
„Das wissen die doch noch gar nicht", sage ich.
„Die berichten so, als ob Nuri der Täter ist.
Drogen-Händler, vorbestraft …"

Meine Mutter sieht mich ernst an.
„Der war bestimmt wieder in was verwickelt."
„Was meinst du denn damit?",
frage ich sie und sage:
„Nuri hat keine Drogen mehr genommen.
Und er hat auch nicht mehr gedealt.
Wir haben ein ganz normales Leben geführt."
Aber meine Mutter lässt nicht nach:
„Und wenn er dir was verschwiegen hat?"
Meine Mutter war immer misstrauisch.
Und jetzt quält mich diese Frage:
Hat Nuri mir etwas verschwiegen?
Morgen werde ich zu Danilo gehen.
Zu Nuris bestem Freund.
Er war auch sein Anwalt.

Der Anwalt

Keiner kennt Nuri so gut wie Danilo.
Er ist nicht nur sein bester Freund.
Er hat Nuri damals auch als Anwalt vertreten.
Damals, in der Drogen-Sache.

„Danilo“, sage ich,
„sei bitte ehrlich zu mir.
Hat Nuri noch gedealt?“
„Nein, Katja.
Er hat damit aufgehört.“
„Hat Nuri irgendetwas gemacht,
was ich nicht weiß?“
Danilo schüttelt den Kopf.
„Nein. Er hat nichts gemacht,
was euch schaden könnte.“

„Hast du was da?“, frage ich ihn.
Danilo weiß sofort, was ich meine.
Etwas zum Beruhigen.
Er nickt.

Er holt ein kleines Päckchen aus der Schublade.
Meine Hände zittern.
Er reicht mir das Päckchen rüber.
Ich fühle das Pulver in der Plastik-Tüte.
Kokain.

„Ich brauch das jetzt“, sage ich.
So, als wollte ich mich entschuldigen.
Danilo nickt.
Er weiß, dass ich es anders nicht aushalten kann.
Ich bin nicht abhängig.
Ich war es nie und will es nie sein.
Ich muss mich nur betäuben.
Ich zerbreche sonst.
Dieser Schmerz ist unerträglich.
Tag und Nacht ist er da.
Tag und Nacht bin ich ohne Nuri und ohne Rocco.
Ich werde sie nie mehr wiedersehen.

„Ohne das Zeug hier halte ich es nicht aus.
Wenigstens für die erste Zeit.“
„Ja“, sagt Danilo. „Ich weiß.“

„Sie fahnden nach einer Frau aus Ost-Europa“,
sage ich.
„Aber diese Frau mit dem Fahrrad,
die war so deutsch, wie ich es bin, Danilo.
Ich bin sicher:
Das waren Nazis.
Wer denn sonst?“

Danilo sieht mich an.
„Hast du das den Bullen gesagt?“
Ich schüttel den Kopf.

„Die werden sie kriegen“, sagt Danilo.
„Die werden die Täter kriegen.
Und vor Gericht werde ich an deiner Seite stehen.
Als dein Anwalt.“

„Danke“, sage ich müde.
Ich zeige auf das Päckchen
und hole Geld aus meiner Tasche.
Danilo winkt ab.
„Lass mal!
Das sind Geschenke von meinen Mandanten.
Nimm es mit.
Ich werfe das Zeug sowieso weg.“

Zurück in die Türkei

Jeden Tag sitzen wir zusammen bei mir im Haus.
Birgit, Nuris Eltern, meine Mutter
und ihr Freund Michel.
Wir alle suchen nach Worten.
Wir wollen uns gegenseitig helfen und stützen.
Aber es geht nicht.
Keiner weiß, wie das gehen soll.

Ich spüre, dass Nuris Eltern mir etwas sagen wollen.
Ich sehe ihre Blicke.
Sie sind genauso kalt wie die Blicke meiner Mutter.
Als ob ich Schuld hätte.

Plötzlich spricht Nuris Vater.
Er ist unsicher.
Er sieht seine Frau an.
Dann sagt er:
„Unser Sohn ist hier in Deutschland gestorben.
Unser Enkelkind auch.
Meine Frau und ich, wir gehen wieder zurück.
Zurück in die Türkei. Für immer.
Und wir wollen die beiden mitnehmen.
Unseren Sohn und unser Enkelkind."

Ich sehe Nuris Eltern entgeistert an.
Mitnehmen?

Meinen Nuri und meinen Rocco
einfach so mitnehmen?
Ich stürze aus dem Zimmer.
Ich laufe nach oben.

Ich schütte etwas von dem Pulver
auf ein Stück Papier.
Ich ziehe das Pulver in meine Nase hoch.
Ich wische die Reste ab.
Die Reste vom Kokain.
Sofort werde ich ruhiger.
Und ich habe keine Angst mehr.
Ich gehe entschlossen
die Treppe hinunter.

Ich stelle mich vor Nuris Eltern.
Und dann sage ich:
„Ich habe meine Familie verloren.
Und ihr wollt sie mir ein zweites Mal wegnehmen.
Das lasse ich nicht zu!“

Nuris Vater sieht zu seiner Frau.
Sie nickt leicht mit dem Kopf.
Ihr Gesicht ist leer.
Es gibt nichts mehr für sie zu tun.
Hier, in diesem Haus.
Hier, in diesem Land.
Hier, wo sie ihr Liebstes verloren haben.

Nuris Eltern gehen.
Ohne ein Wort.

„Gut!“, sagt meine Mutter.
„Das hast du gut gemacht!“
Ich sehe sie an.
So, als würde ich diese Frau nicht kennen.

Die Trauer-Feier

Ohne Birgit hätte ich das Geschäft nicht betreten.
Und ohne Koks auch nicht.
Ohne Betäubung geht so was nicht.

In dem Laden stehen die Särge zum Verkauf.
Wie in einem ganz normalen Geschäft.
Särge zur Auswahl.
Mit Beschreibung:
Wie groß, welches Holz, wie teuer.
Ich lese die Beschreibungen nicht.
Ich sehe mich um und entscheide mich sofort.

„Dieser hier ist für Nuri“, sage ich zu Birgit.
„Der hätte ihm gefallen.“
Ich streiche über das feste Holz.

Dann gehen wir in den Neben-Raum.
In den Raum für die Kinder-Särge.
Hier steht ein Kinder-Sarg neben dem anderen.
Erst will ich sofort wieder rauslaufen.
Aber Birgit schiebt mich weiter.

Ein Kinder-Sarg sieht aus wie ein kleines Auto.
Rocco hat so gerne mit Autos gespielt.
Zum Geburtstag hatte er ein neues bekommen.
Ein fern-gesteuertes Auto.

Als es einmal kaputt war,
habe ich es repariert.
Rocco ist damit zu Nuri gelaufen.
Stolz hat er gerufen:
Guck mal, was Mama alles kann!
Nuri ist zu mir gekommen und hat mich
in den Arm genommen.
Deine Mama kann alles, hat er gesagt
und mich zärtlich geküsst.
Das Auto fuhr dabei um uns herum.
Mit Rocco an der Fern-Bedienung.

Ich wähle einen der Kinder-Särge aus.
Nicht den, der aussieht wie ein Auto.
Rocco wird nie mehr spielen können.
Er soll friedlich schlafen.
In einem einfachen kleinen Kinder-Sarg.

Bei der Trauer-Feier stehen die beiden Särge
nebeneinander.
Vorne in dem Trauer-Saal.
Die Särge sind mit Blumen geschmückt.
Und mit einem großen Foto.
Nuri und Rocco lachen mich an.
Mit ihrem strahlenden, glücklichen Lachen.
Das Foto haben wir im Urlaub gemacht.
In unserem letzten Urlaub.
In unserem allerletzten Urlaub.

Die Eltern von Nuri sitzen in meiner Reihe.
Sie sehen mich nicht an.
Sie starren auf die beiden Särge.
Ihre Gesichter sind müde.
Ihre Gesichter sind leer.
Sie tun mir so leid.
Es sind meine Schwieger-Eltern.
Papa und Mama von Nuri.
Wir haben uns immer gut verstanden.

Als die Trauer-Feier vorbei ist,
kommen Nuris Eltern zu mir.
So, als wollten sie sich von mir verabschieden.
Aber sie reichen mir nicht die Hände.
„Schön, dass ihr gekommen seid", sage ich.
Und ich meine es wirklich ehrlich.

Nuris Mutter sieht mich lange an.
Vorwurfsvoll.
Und dann sagt sie:
„Wenn du besser aufgepasst hättest,
dann würde mein Enkel noch leben."

Ihre Worte sind Messer-Stiche für mich.

Spuren

Birgit, meine Mutter und Michel sind noch bei mir.
Plötzlich klingelt es an der Tür.
Michel macht auf.
Ich höre Männer-Stimmen.
„Katja, kannst du mal kommen?", ruft Michel.

Im Flur steht Haupt-Kommissar Reetz.
Hinter ihm warten mehrere Männer.
„Haus-Durchsuchung!", sagt Reetz.
„Es gibt Hinweise, die das erforderlich machen.
Hinweise auf ein kriminelles Milieu."

Entgeistert sehe ich Reetz an.
Er sagt: „Gehen Sie bitte ins Wohnzimmer!
Gehen Sie zu Ihrem Besuch, Frau Sekerci."

Ich sehe, wie einige Männer nach oben rennen.
Andere verteilen sich unten in den Räumen.
Meine Mutter sieht mich misstrauisch an.
Wir schweigen.
Wir warten.
Hier unten.
Auch Reetz.

Plötzlich kommen zwei Männer von oben herunter.
„Wir haben es!", sagt einer.

Sie haben meine Päckchen in der Hand.
Meine Päckchen mit Kokain.

Reetz hält mir die Päckchen vor das Gesicht.
„Sind das die Drogen von Ihrem Mann, Frau Sekerci?"
Meine Mutter starrt mich an.
„Nein", sage ich.
„Das sind meine Drogen."
Meine Mutter will sich einmischen.
Ich weiß, dass sie Nuri alles in die Schuhe schieben will.

Reetz sagt zu mir:
„Kommen Sie bitte mal mit in die Küche."

In der Küche fragt Reetz mich:
„Haben Sie noch mehr?"
Ich schüttel den Kopf.
„Sie wissen sicher", sagt er,
„dass dies ein Verstoß gegen
das Betäubungs-Mittel-Gesetz ist.
Sie haben sich damit strafbar gemacht.
Ich muss Sie bitten,
mit auf die Wache zu kommen."

Ich bin nur noch erschöpft.
„Sprechen Sie mit meinem Anwalt",
sage ich zu Reetz.

Aber Reetz bleibt ruhig.
Er redet wie ein Vater zu mir.
„Frau Sekerci, diese Menge hier ist so gering.
Das sind so wenige Drogen.
Es wird zu keiner Straf-Verfolgung kommen.
Kommen Sie bitte mit.“

Auf der Wache

„Frau Sekerci, Sie sagen, das sind Ihre Drogen.
Drogen, die Sie zur Beruhigung brauchten."
Ich nicke.
Reetz fragt weiter.
„Sie sagen, Ihr Mann hat nicht mehr
mit Drogen gehandelt."
Ich nicke.

„Haben Sie einen Verdacht?", fragt Reetz.
„Einen Verdacht, wer Ihren Mann
getötet haben könnte?"
„Ja", sage ich.
„Das waren Nazis."

Reetz sieht mich an.
„Wir müssen in alle Richtungen ermitteln, Frau Sekerci.
Vielleicht waren Nazis die Täter.
Vielleicht haben sie die Bombe gezündet.
Aus Hass gegen Ausländer.
Vielleicht waren sie es aber auch nicht."

„Nicht?", rufe ich.
„Die ganze Gegend um das Büro herum
ist eine reine Türken-Gegend.
Es gibt nur türkische Läden.
Friseure. Braut-Moden. Türkische Lebens-Mittel.

Und da geht plötzlich eine Bombe hoch.
Eine Nagel-Bombe.
Selber zusammengebaut.
Um Menschen zu töten.
Einfach so? Aus Zufall?
Das waren Nazis, sage ich Ihnen.
Wer denn sonst?"

Ich schreie Reetz an.
Ich begreife das hier nicht.
Auch Danilo hat sofort auf Nazis getippt.
So was machen nur Fanatiker, hat er gesagt.
Leute, die ihre Politik
mit Gewalt durchsetzen wollen.
Leute, die andere hassen und verachten.
Die sich für was Besseres halten.
Rassisten.
Für Danilo war sofort klar:
Das Motiv für die Tat war Ausländer-Hass.

„Das war ein politisches Attentat",
sage ich zu Reetz.
Reetz fragt mich weiter aus:
„Gab es denn ausländerfeindliche Hinweise
in dem Viertel?
Gab es Flug-Blätter von Nazis?
Wurde ein Schweine-Kopf
an die Moschee genagelt?"

„Nein“, sage ich.
„Nicht, dass ich wüsste.“

Reetz redet weiter:
„Vielleicht war Ihr Mann
Opfer von einem Rache-Akt?
Vielleicht wollte sich jemand an Ihrem Mann rächen.
Vielleicht die Mafia?“

„Welche Mafia denn?“
Reetz zählt die Möglichkeiten auf:
„Kurdische Mafia?
Albanische Mafia?
Türkische Mafia?“
Alles dreht sich in meinem Kopf.

„Mein Mann hatte nichts mehr
mit Drogen zu tun.
Und er hatte auch keine Feinde.“
„Frau Sekerci“, sagt Reetz,
„manchmal weiß man nicht,
in welche Geschäfte jemand verwickelt ist.“

„Wieso Geschäfte?“, frage ich.
„Mein Mann hatte sein Büro.
Er hat gearbeitet, von morgens bis abends.
Mein Mann war fleißig.
Er hat keine schmutzigen Geschäfte gemacht.“

„Er hatte Kontakte in das kriminelle Milieu“,
sagt Reetz.
„Das musste er doch“, sage ich verzweifelt.
„Er hat für Straf-Fällige übersetzt.
Das war doch seine Arbeit.“
Ich schreie wütend:
„Was wollen Sie eigentlich?
Mein Mann hat niemanden umgebracht.
Mein Mann wurde umgebracht!“

„Wie haben Sie Ihren Mann kennen gelernt?“
Ich bin völlig überrascht über seine Frage.
Sie klingt so menschlich.
Und ich denke an Nuri.
Wie schön es ist, an ihn zu denken!

„Als Studentin habe ich bei Nuri Gras gekauft“,
sage ich. „Also Haschisch.“
„Was haben Sie studiert?“, fragt Reetz.
„Kunst-Geschichte und Deutsch“, sage ich.
„Haben Sie Ihr Studium abgeschlossen?“
„Nein“, antworte ich. „Ich habe es abgebrochen.“
„Waren Sie irgendwie berufstätig?“
Ich sehe Reetz verwundert an.
„Irgendwie berufstätig? Ja, ich war Mutter!“

„Und wie konnten Sie dann alles finanzieren?
Das große Haus, das Sie haben?

Das war ziemlich teuer.
Wir haben die Unterlagen gefunden.
Wie hat Ihr Mann denn das Haus finanziert?
Durch die Büro-Arbeit wohl kaum."

Ich weiß nicht, warum Reetz das alles fragt.
„Nuris Vater hat uns Geld geliehen.
Mein Schwieger-Vater aus der Türkei."
„Aha, aus der Türkei", sagt Reetz.
„Und was baut er da an?
Baum-Wolle oder so?"

Verständnislos sehe ich Reetz an.
Glaubt der denn tatsächlich,
dass Nuris Vater Drogen anbaut?

„Häuser!", sage ich.
„Häuser baut mein Schwieger-Vater da an.
Er hat Land und baut und verkauft Häuser."

Die Wand

Meine Mutter und Michel wollen morgen
wieder abreisen.
Dann werde ich ganz alleine hier sein.
Aber das ist leichter,
als mit meiner Mutter zusammen zu sein.
Wir sind zwei Wesen, die sich nicht mehr kennen.
Meine Mutter hat Nuri nie akzeptiert.
Sie war immer gegen unsere Ehe.

Als ich von der Wache komme,
sieht mich meine Mutter an.
Wie immer: vorwurfsvoll.

„Warum hast du das gemacht?"
Ich überlege, was sie meint.
„Warum hast du gesagt,
dass es *deine* Drogen sind?
Das bringt dich doch nur in Schwierigkeiten."

Ich schweige.
Dann sage ich:
„Es waren *meine* Drogen."

Meine Mutter sieht mich an.
Mit ihrem kalten Blick.
„Was hat dein Mann bloß aus dir gemacht?"

Wie eine Welle kommt es über mich.
Wie eine Welle aus Wut und Übelkeit.
Wie eine Welle aus unendlichem Hass.

„Hau ab!“, schreie ich meine Mutter an.
„Hau ab!“, schreie ich noch lauter.

Michel sieht auf den Fußboden.
Leise sagt er zu meiner Mutter:
„Wir sollten jetzt packen.“

Sie gehen weg.
Alle sind weg.
Aber egal.
Ich bin sowieso allein.
Ich allein bin übrig.

Ich nehme meine Jacke.
Ich fahre in die Stadt.
Zu Nuris Büro.
Ich muss jetzt dort hin.
Ich muss Nuri und Rocco dort fühlen.
Meinen Liebsten.
Mein Kind.
Ich brauche einen Raum.
Eine Wand.
Eine Wand, an die ich mich lehnen kann.
Eine Wand in Nuris Büro.

Vor dem ausgebrannten Büro haben Menschen
Kerzen aufgestellt.
Blumen liegen dazwischen.
Kleine Zettel und Kinder-Spielzeug.
Auf den Zetteln stehen letzte Grüße.
Auf Deutsch oder auf Türkisch.

Die Räume sind mit Folie zugehängt.
Mit Folie aus Plastik.
An einer Stelle reiße ich sie ein.
Ich gehe hinein.
In Nuris Büro.
In den Raum, der sein Büro war.

Ich sehe die Wände.
Wände voller Löcher.
Hunderte von kleinen, spitzen Löchern.
Einschüsse wie von einem Maschinen-Gewehr.
Alle Wände sind voll davon.
Von oben bis unten.
Von rechts nach links.
Wer in diesem Raum war,
konnte nicht überleben.

Ich lehne mich an die Wand.
Gegenüber vom Fenster.
Nuri hat immer am Fenster gesessen.
Da stand sein Schreibtisch.

Da hatte sich Rocco an den Computer gesetzt.
Mama, mach dir keine Sorgen …

Nichts von all dem ist übrig geblieben.
Alles ist zerstört.
Alles ist verbrannt.
Alles ist tot.

Ich schlage gegen die Wand.
Ich stoße meinen Kopf gegen diese Wand.
Ich will diese Wand umarmen.
Aber ich stehe nur hilflos hier
an dieser Klage-Mauer.

Birgit

Birgit kommt jeden Tag zu mir.
Birgit ist der einzige Mensch,
der alles wirklich versteht.
Birgit war immer meine Freundin.
Sie hat alles mit mir zusammen erlebt.
Meine Liebe zu Nuri.
Meine Schwangerschaft.
Meinen Rocco als Baby.
Meinen Alltag als Mutter.
Alles!
Jeden Tag kommt sie zu mir.

„Soll ich uns einen Tee machen?“, fragt sie mich.
Ich sehe auf ihren Bauch.
Bald wird ihr Baby auf die Welt kommen.
„Meinst du einen Schwangerschafts-Tee?“, frage ich.
Und gleich tut es mir leid,
dass ich es in diesem Ton gesagt habe.
Was kann Birgit dafür,
dass ich mein Kind verloren habe?

„Soll ich dir mal für ein paar Tage
aus dem Weg gehen?“
Das fragt sie mich leise.
„Ja“, sage ich.
Birgit versteht.

Ich kann ihren Bauch nicht ertragen.
Das neue Leben.
Das Baby.
Ein Junge wird es werden.
Wie mein Rocco.
Ich kann das jetzt einfach nicht ertragen.

Birgit nimmt mich in den Arm.
„Ich kann dich doch so nicht allein lassen."
„Doch", sage ich, „ich will alleine sein."

Birgit nimmt ihre Sachen.
Und geht.

Verzweiflung

In der Nacht liege ich in Roccos Bett.
Mitten zwischen seinen Kuschel-Tieren.
Ich weine in seinem Bettchen.
Ich passe nicht in das Kinderbett.
Ich bin viel zu groß.
Ich rolle mich zusammen wie ein Embryo.
Rocco war noch ein kleiner Junge.
Ein kleiner Junge,
der so gerne wachsen wollte.
Der so gerne groß werden wollte.
So groß und stark wie sein Vater.

Ich weine und schreie in sein Kissen.
Irgendwann schlafe ich ein.
Vor Erschöpfung.
Am Morgen halte ich seine Kuschel-Tiere
noch immer im Arm.
Und mein Handy.
Mit den Fotos und Videos von Nuri und Rocco.

Ich gehe durch die Zimmer in unserem Haus.
In jedem Zimmer sind Erinnerungen:
Die Autos von Rocco.
Seine Bilder.
Überall sind seine bunten Bilder.
Wie gerne hat dieser Junge gemalt!

Im Schrank hängen die Hosen von Nuri.
Sie passten ihm wie angegossen.
Diesem großen, stolzen Mann.
Der stolz war, weil er es geschafft hatte:
weg von den Drogen zu sein.
Und arbeiten zu können
für seine kleine Familie.

Im Haus ist es still.
Keiner spielt mehr.
Keiner rennt und lacht.
Ich höre nur noch meinen Atem.
Der einzige Atem, der noch lebt.
Ich höre nur noch meine Schritte.
Die einzigen Schritte in diesem leeren Haus.

Ich gehe ins Badezimmer.
Ich stelle das Wasser an.
Ich lasse die Wanne volllaufen.
Es gibt nichts mehr zu tun für mich
in diesem Haus.
Es gibt nichts mehr, um zu leben.

Ich ziehe mich aus.
Ich lasse meine Kleider auf den Boden fallen.
Auf dem Weg zur Wanne.
Dann steige ich in das heiße Wasser.
Die Rasier-Klinge liegt auf dem Wannen-Rand.

Ich schneide in die Haut.
Durch die Haut.
In die Adern.
Meine Arme liegen still im Wasser.
Nur das Blut bewegt sich.
Mit jedem Puls-Schlag strömt das Blut
aus den Armen heraus.
Wie rote Schleier zerläuft es im Wasser.
Ich sehe Roccos Piraten-Schiff.
Mit dem Rettungs-Anker.
Und seine Schwimm-Tiere.
Mit denen hat er immer gebadet.
Ein Delfin, den man aufziehen kann.
Dann schwimmt er und macht Geräusche.
Er piept wie ein echter Delfin.
Ich bin schon zu schwach,
um ihn noch aufzuziehen.
Mein Puls wird immer schwächer.

„Piep! Piep!"
Der Anruf-Beantworter vom Telefon.
Das Gerät ist angegangen.
„Katja! Katja, bist du da?
Katja, geh ans Telefon, wenn du da bist!"
Ich höre Danilos Stimme. Sie ist so weit weg.

„Katja, du hattest Recht.
Es waren Nazis.

Die Bullen haben die Täter erwischt.
Sie haben zwei Leute verhaftet.
Einen Mann und eine Frau.
Beide sind Nazis.
Melde dich schnell bei mir, Katja!
Jetzt geht es los mit dem Gerichts-Verfahren.
Jetzt geht es um Gerechtigkeit!“

Ich tauche aus dem Wasser auf.
Aus dem blut-roten Wasser.
Ich bin so schwach.
Aber ich presse mir Handtücher auf die Arme.
Ich binde sie um die Hand-Gelenke.
Um das Blut zu stillen.
Ich höre die Nachricht noch einmal ab.
Und noch einmal:
„Katja, du hattest Recht.
Es waren Nazis.
Die Bullen haben die Täter erwischt.“

Drei Mal höre ich mir die Nachricht an.
Es gibt etwas, um zu leben:
Gerechtigkeit!

Die Verhandlung wird eröffnet

Danilo hat mir gesagt:
Das alles wird nicht leicht.
Aber mir ist das egal.
Ich will die beiden sehen.
Die beiden, die meine Familie
auf dem Gewissen haben.
Und ich will, dass sie bestraft werden.
Dass sie büßen müssen.
Für das, was sie uns und anderen angetan haben.
Ich werde als Zeugin aussagen.
Und auch als Neben-Klägerin.
So viele Leute sind bei dem Anschlag
verletzt worden.
Wir alle verklagen diese beiden.
Als Neben-Klägerin werde ich
den ganzen Prozess mitbekommen.
Nicht eine Minute soll mir entgehen.

Danilo und ich sitzen schon im Gerichts-Saal.
Auch die anderen Neben-Kläger.
Stühle werden laut gerückt.
Die Menschen flüstern leise. Jemand hustet.
Vorne versammeln sich die Richter.

Dann werden die Angeklagten reingebracht.
Da sehe ich sie!

Sie ist es tatsächlich.
Die junge, blonde Frau.
Die Frau mit dem neuen Fahrrad.
Vor ein paar Monaten, vor Nuris Büro.

Unsere Blicke treffen sich.
Die Frau zuckt zusammen.
Auch sie hat mich erkannt.
Als sie ihren Mann sieht,
fällt sie ihm um den Hals.
Zwei Mörder, die sich umarmen.
Zwei Mörder, die sich am Leben freuen können.
Ich spüre Hass.

Der Richter beginnt:
„Angeklagt sind die beiden hier Anwesenden:
Das Ehepaar Edda Möller und André Möller.
Sie sind angeklagt,
heimtückisch gemordet zu haben.
Ihr Motiv ist vermutlich
ihre rechts-radikale Gesinnung.
Verbunden mit Ausländer-Hass.
Es handelt sich daher möglicherweise
um ein politisches Attentat.
Dieses wurde mit einer Nagel-Bombe
mit hoher Spreng-Kraft durchgeführt.
Nuri Sekerci, der Ehemann der Neben-Klägerin
und Zeugin, Katja Sekerci, wurde dadurch getötet.

Ebenso ihr gemeinsamer Sohn, Rocco Sekerci.
Zahlreiche andere Personen wurden
bei dem Anschlag schwer verletzt.
Wichtige Indizien haben auf diese beiden
Angeklagten hingewiesen.
Eine eindeutige Zeugen-Aussage hat schließlich
zu der Verhaftung der beiden Angeklagten geführt.
Die Verhandlung ist eröffnet."

Sofort hebt ein Mann im Saal seinen Arm.
Es ist der Verteidiger.
Der Verteidiger von Edda und André Möller.
Haberbeck heißt er.
Wie kann jemand nur solche Mörder verteidigen?
Aber die Wahrheit muss herausgefunden werden.
Nichts als die Wahrheit!

„Hohes Gericht", sagt Haberbeck.
„Ich beantrage, dass Frau Katja Sekerci
aus dem Gerichts-Saal entfernt wird.
Sie ist nicht nur Neben-Klägerin,
sondern auch Zeugin.
Wenn sie die Aussagen
der anderen Zeugen mitbekommt,
werden ihre eigenen Aussagen
dadurch beeinflusst.
Die Zeugen-Aussage von Frau Sekerci
ist dann nichts mehr wert."

Ich gehe hier nicht raus, denke ich.
Auf keinen Fall gehe ich hier raus.
Ich sehe Danilo an.
Der muss doch jetzt etwas machen!

Danilo meldet sich zu Wort.
Er fordert, dass ich bleiben soll.
Als Neben-Klägerin habe ich das Recht,
den ganzen Prozess zu verfolgen.
Der Richter stimmt ihm zu.
Haberbeck erhebt Einspruch.
Er will, dass alle Richter zusammen entscheiden.

Die Sitzung wird unterbrochen.
Ich verstehe das nicht.
Es hat noch nicht einmal angefangen.
Da kann so ein Typ alles unterbrechen.
So ein Typ von Verteidiger.
Ein Verteidiger von Mördern.

Nach der Beratung kommen die Richter zurück.
Das Ergebnis wird mitgeteilt:
„Dem Einspruch des Verteidigers
wird nicht stattgegeben.
Frau Katja Sekerci hat das Recht,
im Gerichts-Saal zu bleiben."
Ich atme auf.
Aber ich sehe:

Haberbeck ist sauer.
Das sehe ich an seinem Gesicht.
Der Kerl ist ein harter Hund.
Das wird nicht einfach hier.

Die Anklage

Gegenüber von Haberbeck sitzt eine Frau.
Die Staats-Anwältin.
Sie liest vor,
was den beiden Angeklagten,
Edda und André Möller, vorgeworfen wird.
Ich kann mich nicht konzentrieren.
Ich muss immer zu dieser Edda Möller sehen.

Ich weiß, dass sie es war.
Und ihr Mann.
Ich brauche dieses Verfahren nicht.
Ich bin mir ganz sicher:
Die beiden haben meine Familie auf dem Gewissen.

Im Hintergrund höre ich die Staats-Anwältin:
„Selbst gebaute Bombe ...“
... hohe Spreng-Kraft ...
... 500 Eisen-Nägel ...
... niedrige Beweg-Gründe ...
... Hass auf Ausländer ...
... so viele Tote wie möglich ...
...skrupellos ...“

Ich verstehe nur einzelne Worte.
Ich kann nicht richtig zuhören.
Ich möchte nur diese Edda würgen.

Ihr den Hals umdrehen.
Ihr ins Gesicht spucken.
Sie zerkratzen.
Sie zerstören.
So, wie sie mein Leben zerstört hat.

„Du solltest morgen besser zu Hause bleiben."
Ich werde wach, wie aus einem Traum.
Danilo packt mich am Arm.
„Den ersten Tag haben wir geschafft", sagt er.
„Aber morgen wird es zu hart für dich."
„Wieso?", frage ich.
Danilo zögert.
„Morgen wird die Medizinerin angehört.
Die Rechts-Medizinerin."
„Und?", frage ich.
Danilo sieht auf seine Schuhe.
„Sie wird genau beschreiben,
was Nuri und Rocco durchgemacht haben.
Und die anderen Verletzten."

„Dann bis morgen, Danilo", sage ich.
In der Nacht übergebe ich mich.
Ich kann nicht eine Sekunde schlafen.

Das Gutachten

Am nächsten Tag sitze ich wieder auf meinem Platz.
Neben Danilo.
Weiter links sitzen die Angeklagten auf ihrer Bank,
Edda und André Möller.
Neben den beiden: Haberbeck, ihr Verteidiger.
Hinter mir sitzen die anderen Neben-Kläger.
Menschen, die bei dem Anschlag
verwundet wurden.
Menschen, die ihr Leben gerade noch
retten konnten.
Menschen, die hier nur das wollen,
was auch ich will:
Gerechtigkeit! Ein gerechtes Urteil!

Der Richter ruft alle im Saal zur Ruhe auf.
Dann sagt er:
„Das Gericht bittet um
das rechts-medizinische Gutachten!"

Eine Frau geht nach vorne.
Eine ganz normale, harmlose Frau.
Wie kann diese Frau aushalten,
was sie nun zu sagen hat?

„Eine Nagel-Bombe ist ein Geschoss
unter hohem Druck.

Sie schießt die Nägel in den Raum.
Wie ein Maschinen-Gewehr.
Über 50 Meter im Umkreis.
Die Nägel haben eine solche Kraft,
dass sie Stahl-Wände durchschlagen können.
Das überlebt keine Person, die ungeschützt ist.

Bei den beiden Opfern haben wir festgestellt:
Durch die Druck-Welle ist
das Trommel-Fell geplatzt.
Die Nägel der Bombe sind
durch die Haut geschossen.
Wir haben Trümmer im Ober-Bauch gefunden.
Dadurch wurden Organe zerfetzt.
Es kam zu Blutungen in der Lunge.
Metall-Teile haben den Bauch aufgerissen.

Bei dem Kind wurden 14 Haut-Verletzungen
festgestellt.
Die Explosion hat zu Temperaturen
von 1000 Grad geführt.
Beide Opfer hatten Verbrennungen
am Kopf und im Gesicht.
Die Kopfhaut war bei beiden völlig verbrannt.
Bei dieser Temperatur verbrennen die Augen.
Bei beiden Opfern sind die Augen geschmolzen.
Der Unter-Arm des Kindes lag sechs Meter
vom Körper entfernt.“

Ich kann nicht mehr zuhören.
„Danilo, ich muss hier raus!"
Danilo nickt.
„Oberstes Gericht, ich beantrage,
dass meine Mandantin
den Gerichts-Saal verlassen darf."
Der Richter nickt.
Alle Richter da oben nicken.
Das hier, das kann kaum einer ertragen.

Ich stehe auf.
Ich gehe langsam durch den Saal.
Ich muss aufpassen,
dass ich überhaupt noch gehen kann.
Dass ich mich auf meinen Beinen halten kann.
Ich sehe schon die Tür.
Aber ich muss noch an dieser Bank vorbei.
An der Bank,
auf der die beiden Angeklagten sitzen.

Ich bin schon fast an der Tür.
Aber da ist diese Edda Möller.
Ich stürze mich auf sie.
„Ich bring dich um!", schreie ich.
Ich würge sie.
„Ich bring dich um!"
Meine ganze Wut,
mein ganzer Hass liegt in meinen Händen.

Irgendwer packt mich.
Irgendwer hält mich fest.
Irgendwer bringt mich raus.
Raus aus dem Gerichts-Saal.

Die Mahnung

Am Abend sitze ich mit Danilo in der Kneipe.
Ich trinke ein Bier nach dem anderen.

„Da hast du der Möller ganz schön eins
reingewürgt“, sagt Danilo.
Ich nicke.
„Aber stell dir mal vor“, sage ich zu ihm,
„Nuri hätte überlebt.
Nuri hätte überlebt und Rocco wäre tot.
Stell dir das mal vor.
Nuri hätte dieses ganze Geplänkel
nicht mitgemacht.
Der hätte sich diese Möllers vorgeknöpft.
Da wäre es anders abgegangen.
Trinkst du noch ein Bier mit, Danilo?“

Eigentlich will er nicht.
Er ist auch müde.
Und er hat Familie.
Aber dann trinkt er doch noch ein Bier.
Mir zuliebe.

Am nächsten Morgen spricht der Richter zu mir.
Vor allen. Im Gerichts-Saal:
„Frau Sekerci, das Gericht kann
Ihr Verhalten nachvollziehen.

Aber so ein Vorfall wie gestern darf nicht
noch einmal passieren.
Die Schuld von den beiden Angeklagten
ist noch nicht erwiesen.
So lange gelten die Angeklagten als unschuldig.
Sollte ein Verhalten wie gestern noch einmal
vorkommen, müssen Sie von der Verhandlung
ausgeschlossen werden.
Haben Sie das verstanden?“

Ich nicke.
„Ja“, sage ich leise.

Zeuge Möller

Ein neuer Zeuge wird angehört.
Er heißt Möller. Jürgen Möller.
Es ist der Vater von André Möller.

Ich sitze direkt hinter ihm.
Alle Neben-Kläger sitzen hinter ihm.
Wir sehen seinen Rücken,
als er anfängt zu sprechen.

„Ich wohne in Schleswig-Holstein", sagt er.
„Auf dem Nachbar-Grundstück wohnt mein Sohn."

Der Richter fragt:
„Warum wohnen Sie nicht zusammen?"
„Wir verstehen uns nicht", sagt Jürgen Möller.
„Wir hatten Streit."

„Warum hatten Sie Streit?", fragt der Richter.
„Wir hatten Streit wegen seinem Welt-Bild",
sagt Möller.
„Wir haben völlig verschiedene politische Ansichten.
Mein Sohn verehrt Adolf Hitler.
Das verabscheue ich."

„Herr Möller", sagt der Richter.
„Mit Ihrer Aussage bei der Polizei

haben Sie Ihren eigenen Sohn belastet.
Er steht jetzt unter Verdacht,
die Tat begangen zu haben.
Bitte berichten Sie,
weshalb Sie zur Polizei gegangen sind.
Was haben Sie beobachtet?“

„Auf meinem Grundstück war
ein Baum umgefallen.
Es hatte einen Sturm gegeben.
Ich wollte den Baum beseitigen.
Deshalb wollte ich mir eine Säge
aus der Garage holen.
Die Garage gehört meinem Sohn.
Aber wir benutzen sie gemeinsam
für Werkzeuge und Geräte.“

„Hatten Sie einen Schlüssel für die Garage?“,
fragt Haberbeck.
„Nein“, sagt Möller.
„Aber der Schlüssel liegt unter einem Stein
vor der Garage.
Das haben mein Sohn und ich so geregelt.“
„Ist sonst noch jemand in die Garage gegangen?“,
fragt Haberbeck weiter.
„Nur meine Schwieger-Tochter“, antwortet Möller.
„Aber grundsätzlich hatte jeder Zugang
zu der Garage“, sagt Haberbeck.

„Weil der Schlüssel ja vor der Garage
unter einem Stein versteckt war."
Möller nickt.

Der Richter führt die Befragung weiter:
„Was haben Sie in der Garage gefunden?"
Möller sieht zu seinem Sohn.
„In der Garage waren sieben Pakete mit Nägeln.
Lange, dicke Zimmermanns-Nägel.
Außerdem Kunst-Dünger und ein Kanister
mit Diesel-Öl."

Der Richter sieht den Zeugen Möller an.
„Und das ist Ihnen verdächtig vorgekommen?"
„Ja", sagt Möller.
„In der Zeitung stand,
wie die Nagel-Bombe gebaut wurde.
Sie wurde genau mit Hilfe dieser Sachen gebaut.
Mein Sohn und seine Frau haben
eine nazistische Gesinnung.
Da hatte ich Angst,
dass die beiden auch Nagel-Bomben bauen.
Deshalb bin ich dann zur Polizei gegangen."

„Sie wollten Ihren Sohn also vor einer solchen Tat
bewahren, Herr Möller?
Die Polizei sollte ihn
von einer solchen Tat abhalten?"

Möller nickt.
„Ja. André ist ja schon vorbestraft.
Wegen Volksverhetzung.
Ich wollte nicht,
dass alles noch schlimmer wird mit ihm.
Die Kriminal-Polizei hat dann alles untersucht.
In der Garage von meinem Sohn.“

„Herr Möller, Sie wollten Ihren Sohn also
vor einer Tat bewahren,
die er schon längst begangen hatte?“
„Ja“, sagt Möller.

Ich atme aus.
Das war es, was ich hören wollte.
Jetzt haben sie die beiden.
Jetzt sind die beiden überführt.
Endlich Gerechtigkeit!
Wenigstens das.

Der Richter legt die Papiere zusammen.
„Vielen Dank, Herr Möller.“

„Herr Richter“, sagt Möller.
„Ja bitte?“
„Wenn ich hier schon reden darf,
dann möchte ich noch etwas sagen dürfen.“
Alle sehen sich verwundert an.

Es ist doch schon alles gesagt worden.
Der Richter nickt.
„Bitte sprechen Sie."

Jürgen Möller dreht sich um.
Er sieht direkt in mein Gesicht.
Und in die Gesichter der anderen.
Dann beginnt er zu reden:

„Ich möchte allen mein Beileid aussprechen.
Allen, die ihre Angehörigen verloren haben.
Und allen, deren Angehörige verwundet wurden.
Durch die abscheuliche Tat von meinem Sohn.
Frau Sekerci, es tut mir unendlich leid,
dass Sie Ihren Mann und Ihr Kind verloren haben.
Das, was mein Sohn getan hat,
das ist boshaft, feige und dumm."

Im Saal ist es totenstill.
Möllers Worte gehen allen unter die Haut.
Fast allen.
Ich sehe zu Edda und André Möller.
Sie haben eiskalte Gesichter.
Ohne jede Rührung.
Ohne jedes Gefühl.

Der Richter schließt die Sitzung.
Wir verlassen den Saal.

Draußen suche ich nach Feuer.
Ich muss jetzt dringend eine rauchen.
An der Treppe steht Jürgen Möller.
Er zieht den Rauch seiner Zigarette ein.
Ich gehe zu ihm.

„Haben Sie Feuer für mich?"
Möller reicht mir sein Feuer-Zeug.
„Sie kommen auch aus Schleswig-Holstein?",
fragt er.
Ich nicke. „Ja, meine Mutter lebt da noch.
Mit ihrem Freund.
Ich bin nicht mehr oft da. Aber ab und zu."

Möller bläst den Rauch in die Luft.
„Wenn Sie Ihre Mutter mal wieder besuchen,
dann kommen Sie doch einfach vorbei.
Ich möchte Sie gerne
zu Kaffee und Kuchen einladen."
Ich sehe ihm in die Augen.
Diesem Mann, der seinen eigenen Sohn belastet hat.
Eins muss ich noch von ihm wissen:
„Wären Sie auch zur Polizei gegangen,
wenn Sie gewusst hätten,
dass Ihr Sohn der Täter war?"

„Frau Sekerci", sagt Möller.
„Ich wusste es."

Besuch

Birgit war schon lange nicht mehr bei mir.
Aber wir telefonieren.
„Was meinst du“, fragt sie mich,
„soll ich morgen mal mit dem Baby kommen?“
Ich zögere.
„Ja, ja natürlich, gerne“, sage ich.
Aber es fällt mir nicht leicht.

Als sie am nächsten Tag kommt,
steht sie lachend vor mir.
„Und das hier ist Fritzchen.
Der neue Erden-Bürger.“
Sie hält mir ihren Jungen entgegen.
Sie lacht und strahlt und ist glücklich.
Das Baby gibt kleine Laute von sich.
Ich kann es kaum ansehen.
Es ist so süß.
Es zerschneidet mir das Herz.

„Setz dich“, sage ich.
„Der Kuchen steht schon auf dem Tisch.
Der Kaffee ist gleich fertig.“

„Hast du mal einen Tampon für mich?“,
ruft Birgit aus dem Wohnzimmer.
Ich zucke zusammen.

„Wie“, rufe ich zurück,
„du hast deine Tage schon wieder?
So schnell nach der Geburt?“
„Ja, leider“, ruft Birgit.

Ich gehe ins Bad und hole die Packung.
Ich stelle sie vor Birgit auf den Tisch.
Die Packung mit den Tampons.
„Du kannst sie behalten“, sage ich zu ihr.
„Ich habe seitdem meine Tage nicht mehr.“

Birgit sieht mich erschrocken an.
Sie weiß genau, was ich mit *seitdem* meine.
Seitdem ich meine Liebsten verloren habe,
seitdem bin ich nicht mehr fruchtbar.
Nicht mehr in der Lage,
wieder ein Kind zu bekommen.

„Wie kommst du denn so über die Runden?“,
fragt Birgit.
„Es geht so“, antworte ich.
„Nuri hatte eine Lebensversicherung.
Damit komme ich zurecht.“

Das Baby schreit.
„Ja, mein kleiner Schatz“, sagt Birgit.
„Willst du auch ein Stück Kuchen essen?“
Sie lächelt ihr Baby an.

„Nein, mein kleiner Liebling.
Du bekommst was Besseres.“
Sie zieht ihren Pullover nach oben.
Sie stillt ihr Kind.
Mit ihrer warmen, großen Brust.
Ich kann nicht hinsehen.
Ich halte das nicht aus.
Aber ich reiße mich zusammen.
Den ganzen Nachmittag über
reiße ich mich zusammen.

Birgit umarmt mich zum Abschied.
„Es war richtig schön, dich wiederzusehen.“
„Ja“, lüge ich.

Als sie geht,
schließe ich erleichtert die Türe hinter ihr.

Haberbeck

Im Gericht sind wieder alle versammelt.
Heute wird Haupt-Kommissar Reetz angehört.
Und danach ist Haberbeck dran.
Der Verteidiger von Edda und André Möller.
Was will der denn noch verteidigen?
Für uns alle ist klar:
Die beiden sind die Täter!

Reetz beginnt:
„Hohes Gericht, in der Garage von André Möller
wurden folgende Dinge gefunden:
Kunst-Dünger, Diesel-Öl,
Bau-Teile von einem fern-gesteuerten Auto,
Packungen von rund 700 Zimmermanns-Nägeln.
Alle Dinge sind identisch mit
der Sprengstoff-Mischung vom Tatort.
Es ist davon auszugehen,
dass die Nagel-Bombe in der Garage gebaut wurde.
Mit der Fern-Steuerung von dem Auto wurde
die Bombe wahrscheinlich gezündet.

Außerdem haben wir die Finger-Abdrücke
an der Garage untersucht.
Die Finger-Abdrücke sind identisch mit denen
von Edda, André und Jürgen Möller.
Einen Finger-Abdruck konnten wir nicht zuordnen.“

Ich sehe, wie Haberbeck sich bereithält.
Jetzt ist er dran.
„Hohes Gericht,
meine Frau ist eine begeisterte Gärtnerin.
Deshalb haben wir Dünger in unserer Garage.
Mein Auto ist ein Diesel.
Folglich habe ich auch Diesel-Öl in unserer Garage.
Und ab und zu brauche ich auch Nägel.
Hohes Gericht, schließen Sie daraus,
dass ich ein Bomben-Bauer bin?“

Ein Flüstern geht durch den Saal.
Haberbeck erzeugt Unruhe.
Was hat er vor?

„Hohes Gericht,
Haupt-Kommissar Reetz hat gerade beschrieben,
dass es noch einen anderen Finger-Abdruck
an der Garage gab.
Ein Finger-Abdruck, der nicht
zugeordnet werden konnte.
Fast jeder hatte Zugang zu der Garage.
Denn der Schlüssel wurde ja
unter einem Stein versteckt.
Wie also sollen wir ausschließen,
dass nicht eine ganz andere Person
der Täter oder die Täterin war?
Zum Beispiel die Person,

deren Finger-Abdruck nicht
zugeordnet werden kann?
Danke."

Haberbeck setzt sich.
Die Unruhe im Saal ist noch stärker.
Ich sehe Danilo an.
„Danilo, die werden doch bestraft, oder?"
Danilo nickt.
„Bestimmt, Katja.
Mach dir keine Sorgen."

Herr Makris

Seit Wochen, seit Monaten wird verhandelt.
Um die Gerechtigkeit.

Heute gibt es einen neuen Zeugen.
Einen Zeugen der Verteidigung.
Einen Zeugen von Haberbeck.

Der Richter eröffnet die Sitzung.
Ein großer, breiter Kerl geht in den Zeugen-Stand.
Neben ihm steht ein anderer Mann.
Ein Übersetzer.
Danilo ist angespannt.
Das merke ich.
Was passiert nun wieder?

„Herr Makris", sagt Haberbeck.
„Sie haben ein Hotel in Griechenland."
Der Mann neben Makris übersetzt.
Makris nickt.
„Ihre Saison geht von Mai bis Mitte November?"
Der Übersetzer spricht für Makris:
„Ja, aber eigentlich sind wir das ganze Jahr
für unsere Gäste da."

„Herr Makris", sagt Haberbeck,
„Sie behaupten, dass diese beiden Angeklagten

bei Ihnen im Hotel waren.
Edda und André Möller haben bei Ihnen
Urlaub gemacht?"
Makris nickt.
„Wann war das?"
Der Übersetzer spricht mit Makris.
Dann übersetzt er, was Makris gesagt hat:
„Die beiden waren vom 15. bis zum 20. Oktober
in meinem Hotel."

Ich könnte schreien.
Ich könnte ihm eine Ohrfeige geben.
Ihm die Fresse einschlagen, diesem Schwein!
Der lügt doch!

Haberbeck stellt fest:
„Meine Mandanten waren also zum Tat-Zeitpunkt
gar nicht in Deutschland.
Zum Zeitpunkt der Tat waren Edda und André
Möller offenbar in Griechenland.
In dem Hotel von Herrn Makris.
Herr Makris, die Zeugin Katja Sekerci sagt
etwas anderes.
Sie will Edda Möller zu dem gleichen Zeitpunkt
am Tatort gesehen haben.
Hier, in Hamburg.
Haben Sie sich vielleicht geirrt, Herr Makris?
Haben Sie sich im Datum geirrt?"

Makris schüttelt den Kopf.
Der Übersetzer spricht für ihn:
„Die beiden waren bei mir."

„Können Sie das beweisen?", fragt Haberbeck.
Makris nickt.
Er zeigt auf ein Buch.

„Hohes Gericht", sagt Haberbeck.
„Dies hier ist das Reservierungs-Buch des Hotels.
Alle Gäste des Hotels werden hier eingetragen.
Auch das Datum der Ankunft und der Abfahrt.
Bitte sehen Sie selbst.
Hier steht schwarz auf weiß:
15. bis 20. Oktober, Edda und André Möller.
Die beiden können also die Tat
nicht begangen haben."

Alle reden im Saal durcheinander.
„Danilo", sage ich.
„Danilo, der lügt doch."
„Ruhe!", ruft der Richter.
„Ich bitte um Ruhe!"

Danilo meldet sich zu Wort.
„Hohes Gericht,
bitte sehen Sie sich den Eintrag in dem Buch
einmal genau an.

Das ist doch offensichtlich nachträglich
eingetragen worden.
Die Namen sind reingequetscht worden.
Und die Daten auch."

Der Richter nickt.
„Das könnte sein.
Aber gibt es dafür Beweise?"

Danilo spricht weiter:
„Ich bezweifle die Glaubwürdigkeit
des Zeugen Makris.
Herr Makris ist unglaubwürdig."

„Haben Sie Beweise?", fragt der Richter.

Danilo geht mit einem Tablet nach vorne.
Mit seinem Tablet-Computer.
Er öffnet eine Seite im Internet.
Er zeigt die Seite auf einem Bild-Schirm.
Alle im Saal können es sehen.

„Dieser Mann, hohes Gericht,
hat eine eigene Website.
Hier sehen Sie die Website von Herrn Makris."

Ich sehe, dass Makris nervös wird.
Auch Haberbeck ist angespannt.

Danilo spricht weiter:
„Herr Makris ist Mitglied in der Partei
Goldene Morgenröte."

Der Übersetzer schaltet sich ein:
„Herr Makris sagt: Das ist keine Partei.
Das ist ein Verein."

„Hohes Gericht", sagt Danilo.
„Die *Goldene Morgenröte* vertritt
rechts-radikale Ideen.
Sie vertritt die Ansichten Hitlers.
Und sie arbeitet in einem weltweiten Netz-Werk
von Nazis.
Und jetzt sehen Sie bitte hier,
wer die Website von Makris liest
und wer sie unterstützt."

Alle sehen gespannt auf den Bild-Schirm.
Danilo zieht mit dem Finger nach unten
auf die Seite.
Wir lesen die Namen:
Edda Möller.
André Möller.

Ich atme auf.
Diese Verbrecher-Bande.
„Danke, Danilo."

„Dann kann es ja weitergehen", sagt Danilo.
„Morgen bist du dran.
Morgen musst du in den Zeugen-Stand.
Aber wir haben ja alles gut vorbereitet."

Das Verhör

In der Nacht kann ich kaum schlafen.
Morgen wird mich Haberbeck verhören.
Dieser scharfe Hund.
Aber ich habe nichts zu verbergen.

Der Richter eröffnet die Sitzung.
„Frau Sekerci, bitte kommen Sie
in den Zeugen-Stand."

Sofort beginnt Haberbeck mit der Befragung:
„Frau Sekerci, Sie haben Edda Möller angeblich
am Tatort gesehen.
Wie sah sie aus?"

Ich beschreibe, wie Edda Möller aussah.
Graue Jeans, grüne Jacke,
graue Stiefel, schwarze Woll-Mütze.

„Wie weit war Edda Möller von Ihnen entfernt?",
fragt Haberbeck.
Eine Frage folgt der anderen.
Ich beantworte sie, ohne zu zögern.

Plötzlich fragt Haberbeck:
„Was für ein Mensch war Ihr Mann?"
Erst bin ich überrascht von der Frage.

Dann sage ich:
„Ein anständiger Mann."

„Ach so", sagt Haberbeck.
„Ein anständiger Mann.
Vorbestraft wegen Drogen-Handels.
50 Kilo Haschisch wurden bei Ihrem Mann gefunden.
Vier Jahre Gefängnis hat er dafür bekommen."

Danilo hebt seine Hand:
„Einspruch!
Es ist nicht Nuri Sekerci, der hier angeklagt ist.
Das bitte ich zu beachten!"
Der Richter nickt.

Haberbeck fährt fort:
„Frau Sekerci, hat Ihr Mann nach dem Gefängnis
weiter gehandelt?"
„Nein. Mein Mann hatte nichts mehr
mit Drogen zu tun.
Nach seiner Entlassung wurde ich schwanger.
Für uns beide gab es nichts Besseres
als unseren Sohn."

„Frau Sekerci, sind Sie drogensüchtig?"
„Nein!"
„Haben Sie am Tag der Tat Drogen genommen?"
„Nein!", rufe ich wieder.

„Einspruch!“, ruft Danilo.
„Meiner Mandantin wurde großes Leid zugefügt.
Was sollen diese Fragen?“

Haberbeck macht einfach weiter:
„Sie wollen Edda Möller am Tatort gesehen haben?
Frau Sekerci, in Ihrem Haus wurden
Drogen gefunden.
Wie wollen Sie einen Menschen
beschreiben können,
wenn Sie unter Drogen-Einfluss standen?
Hohes Gericht,
ich beantrage, dass Katja Sekerci
auf Drogen hin untersucht wird.
Ich beantrage Drogen-Tests und
eine Haar-Analyse.“

Danilo hebt die Hand.
„Hohes Gericht,
dieser Antrag soll nur das Ansehen
meiner Mandantin beschädigen.
Sie soll dadurch als ein schlechter Mensch
hingestellt werden.
Ich erhebe Einspruch gegen diesen Antrag.“

„Hohes Gericht“, ruft Haberbeck.
„Ich beantrage, dass die Zeugin
psychologisch überprüft wird.

Sie hat angeblich etwas gesehen und das
unter Drogen-Einfluss."

„Einspruch!", ruft Danilo.
„Meine Mandantin hat Drogen genommen,
um ihr Leid ertragen zu können."

„Aha", sagt Haberbeck.
„Wir haben es also mit einer Zeugin zu tun,
die unter Drogen steht.
Und diese Zeugin will Edda Möller
in Hamburg gesehen haben?
Während Edda Möller mit ihrem Mann
in Griechenland war."

Danilo hebt seine Hand:
„Hohes Gericht.
Auf diesen Trick der Verteidigung gehe ich nicht ein.
Alle Beobachtungen von Frau Sekerci
wurden damals schriftlich festgehalten.
Direkt nach der Tat.
Und alle Beobachtungen wurden bestätigt.
Durch die Spuren-Sicherung.
Die Aussagen meiner Mandantin waren zutreffend:
das neue Fahrrad, der Motorrad-Koffer auf dem
Gepäck-Träger und so weiter.
Meine Mandantin hat mitgeholfen,
ein Phantom-Bild zu erstellen.

Ein Phantom-Bild von Edda Möller.
Kein Drogen-Test der Welt kann
diese Beobachtungen widerlegen."

Der Richter beendet die Sitzung mit den Worten:
„Die Anhörung ist abgeschlossen.
Morgen wird das Gericht sein Urteil verkünden."

Das Urteil

Ich bin froh, wenn alles vorbei ist.
Wenn dieser ganze Spuk ein Ende hat.
Zusammen mit Danilo betrete ich den Saal.
Er drückt meine Hand.
Er will mir Mut machen.

Alles ist gesagt, was zu sagen war.
Monatelang wurden Zeugen angehört.
Gutachter haben berichtet.
Haberbeck hat die Angeklagten vertreten.
Danilo hat mich vertreten.
Mich und meinen Nuri.
Mich und meinen Rocco.
Für Recht und Gerechtigkeit.
Ich will endlich diese Gerechtigkeit.
Für die anderen Opfer.
Für mich.
Für meine Familie.

Die Richter gehen zu ihren Plätzen.
Der oberste Richter beginnt zu sprechen:
„Im Namen des Volkes ergeht folgendes Urteil:
Die beiden Angeklagten Edda und André Möller
werden freigesprochen.
Die Angeklagten sind zu entschädigen.
Für die Zeit der Untersuchungs-Haft.

Die Kosten für das Verfahren übernimmt
die Staats-Kasse.
Bitte nehmen Sie Platz."

Edda Möller schreit auf und fliegt André Möller
um den Hals.
Sie halten sich in den Armen.
Es entsteht große Unruhe im Saal.
Alle reden aufgeregt.
Stühle werden laut gerückt.
Die Angehörigen sind schockiert.
Jürgen Möller ist entsetzt.
Danilo ist sprachlos.

Und ich?
Sie haben meine Liebsten noch einmal getötet.
Mit diesem Urteil.
Sie haben uns alles genommen.
Und jetzt auch noch die Gerechtigkeit.

Ganz weit weg, irgendwo in diesem Saal,
höre ich den Richter.
Er begründet das Urteil.
Ich höre nur noch Fetzen von seinen Worten:
„Auch andere hatten Zugang zu der Garage …
… eingeschränkte Wahrnehmung
der Zeugin Sekerci …
… Weigerung, einen Drogen-Test zu machen …

… Rest-Zweifel …
…im Zweifel für den Angeklagten.“

Wie durch einen Nebel sehe ich
Edda und André Möller.
Sie sind frei.
Hand in Hand verlassen sie den Gerichts-Saal.

Tattoo

Schmerzen!
Ich brauche jetzt Schmerzen!
Schmerzen, die alles überdecken.
Für einen Moment wenigstens.
Ich will körperliche Schmerzen.
Stechende Schmerzen am Körper.
Damit ich den Schmerz der Seele vergessen kann.

Der japanische Schwert-Kämpfer.
Mein Samurai soll fertig werden.
Mein letztes Tattoo.
Ich habe es Nuri versprochen.
Ein Samurai ist ein Kämpfer.
Aber auch ein Beschützer.
Noch nie in meinem Leben war ich so schutzlos.
Zu kämpfen gibt es jetzt nichts mehr.
Ich will nur noch Schmerzen fühlen.
Gegen diese Ohnmacht.
Gegen meine Verzweiflung.

„Wir geben nicht auf!“, hat Danilo gesagt.
Aber ich, ich gebe auf.
Ich überlasse mich diesem Tattoo.
Diesen Schmerzen hier.
Aus jedem Stich kommt ein Tropfen Blut.
Ich fühle an meiner Haut das warme Rot.

Warmes Rot

Unsere Sonnen-Untergänge hatten ein warmes Rot.
Wenn wir abends am Strand saßen.
Nuri, Rocco und ich.
In unseren Urlauben.
Auch in unserem allerletzten Urlaub.
Ich habe davon ein Video aufgenommen.
Auf meinem Handy.

Abends im Bett sehe ich es mir immer wieder an.
Die Bilder sind wackelig.
Ich hatte im Liegen gefilmt.
Als ich auf meinem Handtuch am Strand lag.

Rocco sieht in die Kamera.
„Mama, gehst du mit mir schwimmen?“
„Gleich“, sage ich.
Ich bin jetzt einfach zu faul aufzustehen.
Ich will es genießen, hier zu liegen.
Hier, in der Sonne am Strand.
Auf dem Video wackeln meine Zehen.
Meine nackten Beine sind auch zu sehen.

„Nein, Mama, jetzt sofort!“, drängelt Rocco.
„Papa geht mit dir ins Wasser“, sage ich.
Nuri gähnt.
Rocco will aber unbedingt schwimmen.

„Na gut“, sagt Nuri.
Er springt auf und läuft mit Rocco zum Meer.
Die beiden schreien und quietschen vor Freude.
Nuri setzt Rocco auf seine Schultern.
Sie rennen ins Wasser.

„Mama, komm!“, ruft Rocco.
„Ich habe mich gerade erst eingecremt“,
rufe ich zurück.
„Mama, komm!“, ruft jetzt auch Nuri lachend.
Das Video ist zu Ende.

Ich bin zu ihnen gelaufen.
Wir haben getobt, gelacht.
Wir sind geschwommen und getaucht.
Und abends saßen wir im Sonnen-Untergang.
In dem warmen Rot von unserem letzten Urlaub.

Das Hotel

Keiner weiß, dass ich hier bin.
Ich habe mich einfach auf den Weg gemacht.
Ich habe keinem etwas davon gesagt.
Nicht einmal Birgit.
Und auch nicht Danilo.

Ich bin nach Griechenland geflogen.
Ich habe mir einen Leih-Wagen genommen.
Ich habe mir ein Ferien-Haus gemietet.
Alles muss doch weitergehen!

„Welcome in Greece!",
sagt die Vermieterin.
Willkommen in Griechenland!
Sie öffnet die Tür zur Terrasse.
Was für ein Ausblick!
Vor mir liegt das weite Meer.
Wie Diamanten glitzert das Wasser.
Alles ist hell und weit und blau.
Und es ist warm.
So warm wie in unserem Urlaub am Meer.

„Gefällt es Ihnen?", fragt mich die Vermieterin.
Ich nicke. „Ja, sehr."
Sie wünscht mir einen schönen Aufenthalt.
Dann lässt sie mich allein zurück.

Sofort hole ich meinen Laptop aus der Tasche.
Ich muss alles noch einmal ganz genau lesen.
Alles über die Verhandlungen im Gericht.
Die Vernehmungs-Protokolle.
Die Zeugen-Aussagen.
Die Aussagen der Gutachter.
Die Beschreibung der Bombe
und wie sie gebaut wurde.
Ich muss alles ganz genau nachlesen.
Vor allem das, was dieser Makris ausgesagt hat.
Über sein Hotel in Griechenland.
Alles muss doch weitergehen!

Ich steige in meinen Leih-Wagen.
Ich gebe in das Navi ein:
Ziel: Hotel *Old Dream*.

Die Verfolgung

Ich muss nicht lange fahren.
Das Hotel liegt etwas versteckt.
Es ist ein kleines Hotel, das *Old Dream*.
Erst denke ich: Es steht leer.
Nur ein Wagen steht vor der Tür.
Ein Gelände-Wagen.
Weit und breit ist kein Mensch zu sehen.

Plötzlich knallen Flaschen gegeneinander.
Die Hotel-Tür wird von innen geöffnet.
Jemand schleppt Getränke-Kisten nach draußen.
Ein großer, breiter Mann.
Er stellt die Kisten in den Wagen.
Als er sich umdreht,
erkenne ich ihn: Makris.
Niko Makris.
Ich kralle meine Finger in das Leder vom Lenk-Rad.

Makris knallt den Koffer-Raum zu.
Eine Frau ruft etwas aus dem Hotel.
Makris fährt los.
Als sein Wagen hinter der Kurve verschwindet,
steige ich aus.

Langsam öffne ich die Tür vom Hotel.
Es ist niemand an der Rezeption.

„Hallo!“, rufe ich.
„Ist jemand da?“

Plötzlich steht eine Frau hinter mir.
Die Frau spricht mich auf Griechisch an.
Ich antworte auf Englisch,
was sie zum Glück auch spricht.
„Ich suche zwei Freunde, die hier Urlaub machen.
Zwei Freunde aus Deutschland.
Sind sie vielleicht in Ihrem Hotel?“

Die Frau sagt abweisend: „No Germans.
In diesem Hotel machen keine Deutschen Urlaub.
Nur Griechen.“

Aha, denke ich.
Deutsche machen hier also keinen Urlaub.
Aber die Möllers sollen in diesem Hotel
gewesen sein.
Ich gebe noch nicht auf.

„Vielleicht sind meine Freunde ja
hier in der Gegend.“
Ich zeige ihr ein Foto auf meinem Handy.
„Das sind die beiden.
Haben Sie die vielleicht irgendwo gesehen?“
Ich zeige der Frau das Foto.
Das Foto von Edda und André Möller.

Die Frau zuckt zusammen.
Für eine kurze Sekunde.
„Nein", sagt sie. „Diese Leute kenne ich nicht.
Diese Leute habe ich noch nie gesehen.
Good bye. Auf Wiedersehen."

Ich bedanke mich und gehe zur Tür hinaus.
Im gleichen Moment höre ich,
dass sie telefoniert.
„Niko", ruft sie ins Telefon.
Und dann spricht sie aufgeregt auf Griechisch.
Ich kann es nicht verstehen.

Langsam gehe ich zum Auto zurück.
Ich starte den Motor.
Da läuft sie zu meinem Wagen hin.
Ich drehe das Fenster runter.
Wenn sie meine Freunde doch noch sehen sollte,
sagt sie, dann könnte sie mich ja anrufen.

„What is your name?"
Meinen Namen will sie wissen.
„Birgit", sage ich.
Und meine Telefon-Nummer will sie auch haben.
Ich erfinde eine Nummer.
Sie tippt die Nummer in ihr Handy ein.
Dann sieht sie mich böse an.
„Die Nummer gibt es nicht."

Plötzlich taucht der Gelände-Wagen auf.
Mit Makris am Steuer.
Die Frau wollte also nur Zeit gewinnen.
Zeit, damit Makris mich hier noch erwischt.
Ich drücke auf das Gas-Pedal.
Nichts wie weg hier!
Der Motor heult auf.
Ich sehe in den Rück-Spiegel.
Makris verfolgt mich.
Ich wusste es von Anfang an:
Der Typ ist ein falscher Hund.

Ich biege auf die Haupt-Straße ein.
Ganz knapp vor den anfahrenden Autos.
Makris muss warten.
Drei Autos sind jetzt zwischen uns.
Ich beschleunige.
Ich überhole.
Die anderen hupen.
Die halten mich wohl für verrückt.
Ich will Makris abhängen.
Vier Autos liegt er jetzt hinter mir zurück.

Bei einem Kiosk bremse ich hart ab.
Ich verstecke meinen Wagen hinter dem Kiosk.
Ich warte.
Bange Sekunden!
Makris fährt an dem Kiosk vorbei.

Er hat mich nicht gesehen.
Sofort fahre ich ihm hinterher.
Immer mit sicherem Abstand.
Jetzt bin es,
die ihn verfolgt.

Das Wohn-Mobil

Makris biegt von der Haupt-Straße ab.
Er fährt in eine Seiten-Straße.
Die Straße ist schmal und sehr kurvig.
Sie führt durch einen einsamen Pinien-Wald.
Vor jeder Kurve halte ich den Atem an.
Hinter jeder Kurve könnte Makris stehen.

Plötzlich endet die Straße.
Sie mündet in einen sandigen Weg.
Ich kurve um tiefe Schlag-Löcher herum.
Immer auf der Lauer.
Immer vorsichtig.
Makris darf nicht merken,
dass ich ihn verfolge.

Hinter der nächsten Kurve steht sein Wagen.
So ein Mist. Jetzt hat er mich!
Aber Makris sitzt nicht im Gelände-Wagen.
Ich fahre ein Stück zurück auf dem Weg.
Ich verstecke mein Auto hinter hohen Büschen.
Leise steige ich aus.
Vorsichtig verfolge ich Makris Spuren.
Seine Fuß-Spuren im Sand.
Jetzt weiß ich, wo wir sind.
Hinter den Pinien kommen die Dünen.
Wir sind kurz vor dem Strand.

Ich schleiche wie ein leises Tier.
Hinter den letzten Büschen verstecke ich mich.
Nur noch diese Büsche trennen mich vom Strand.
Und von den Stimmen, die ich höre.

Vorsichtig schiebe ich die Zweige auseinander.
Ein Wohn-Mobil steht an dem breiten Strand.
Mir stockt der Atem.
Vor dem Wohn-Mobil steht Makris.
Und daneben Edda und André Möller!

Das Eisen

Deutlich höre ich ihre Stimmen.
Makris ruft aufgeregt:
„Sie war bei uns im Hotel.
Sie hat meiner Frau Fotos gezeigt.
Fotos von euch.
Die sucht euch, diese Sekerci."

Edda und André Möller laufen nervös hin und her.
„Was sollen wir jetzt machen?",
fragt André Möller.
Makris läuft zu seinem Wagen.
Hoffentlich sieht er meine Spuren nicht.
Aber vielleicht ist er zu aufgeregt dafür.

Nach kurzer Zeit kommt er wieder zurück.
In seiner Hand hat er eine Eisen-Stange.
Ein schweres, langes Stemm-Eisen.
Er drückt es André Möller in die Hand.
Ohne ein Wort zu sagen.
Dann geht Makris weg.

„Und wenn die Sekerci tatsächlich hierher kommt?",
fragt Edda Möller.
Sie hat Angst.
Ich höre es an ihrer Stimme.
André Möller macht sich ein Stück größer.

„Wenn diese Türken-Funz uns zu nahe kommt,
zertrümmer ich ihr den Schädel.
Ich schick die direkt zu ihrer verkackten Familie!“

Handeln

Vorsichtig schleiche ich zum Auto zurück.
Es ist also doch wahr!
Alles war so, wie ich es von Anfang an wusste.
Von wegen Wahrnehmungs-Störungen,
Herr Haberbeck!
Alles war so, wie ich es beschrieben hatte.
So, wie es auch die anderen beschrieben hatten.
Wie der Vater von André Möller.
Der eigene Vater als Haupt-Belastungs-Zeuge.

Aber Haberbeck ist nur
auf Nuris Vergangenheit rumgeritten.
Einen Täter wollte er aus Nuri machen.
Einen Kriminellen.
Und aus mir hat er eine Spinnerin gemacht.
Haberbeck hat von allem abgelenkt.
Davon, dass die Täter Rassisten waren.
Davon, dass Nazis meinen Mann und mein Kind getötet haben.
Edda und André Möller.
Freispruch!
Entschädigung für die Untersuchungshaft!

Camping-Urlaub machen die Täter.
In der Sonne.
Am blauen Meer.

Ich steuere meinen Wagen zurück zur Straße.
Ich fahre zum Ort.
Es ist nur ein Dorf, aber es gibt einen Bau-Markt.
Dort kann ich alles kaufen,
was ich jetzt brauche.

Zurück in meinem Ferien-Haus
packe ich die Sachen aus:
Kunst-Dünger,
einen Kanister Diesel-Öl,
einen Karton mit Nägeln.
Auf dem Laptop öffne ich die Bau-Anleitung.
Sorgfältig mische ich alles zusammen.
In einem Schnell-Kochtopf aus schwerem Metall.
Ich bin nicht aufgeregt.
Kein bisschen.
Ich bin merkwürdig ruhig.
Dies hier ist wie eine Therapie für mich.

Roccos Auto habe ich mitgenommen.
Hierher nach Griechenland.
In dieses Ferien-Haus.
Ich baue das Funk-Teil aus.
Das Funk-Teil für die Fern-Bedienung.
Alles muss weitergehen.
Ich muss handeln.

Der Vogel

Es ist früh am Morgen.
Es ist noch dunkel.
Ich habe alles ins Auto gepackt.
Ich mache mich auf den Weg.

Hinter dem Pinien-Wald halte ich den Wagen an.
Ich verstecke ihn wieder hinter hohen Büschen.
Vorsichtig schleiche ich durch den Sand.
Der Kochtopf ist schwer in meinem Ruck-Sack.
Nicht ein Geräusch mache ich.
Ich setze mich in mein Versteck.
Am Strand sehe ich das Wohn-Mobil.
Der Himmel wird heller.
Ein neuer Tag bricht an.

Plötzlich wird die Tür von innen geöffnet.
Die Tür von dem Wohn-Mobil.
Edda und André Möller kommen nach draußen.
In Sport-Sachen.
Sie machen Gymnastik.
Übungen zum Aufwärmen.
Dann joggen sie los.
Am Meer entlang.
Die Wellen fließen sanft
gegen den goldenen Strand.
Alles sieht aus wie auf Urlaubs-Bildern.

Als ich die beiden nicht mehr sehen kann,
laufe ich los.
Ich stelle den Ruck-Sack unter das Wohn-Mobil.
Ich schiebe ihn weit darunter.
Nichts ist zu sehen.
Ich laufe zurück in mein Versteck.

Ich warte.
Es wird ein milder Tag.
Die Sonne glitzert auf den kleinen Wellen.
Ich warte auf die beiden.
In den Händen halte ich die Fern-Bedienung.

Ein Geräusch am Wohn-Mobil
lässt mich aufschrecken.
Ein Vogel fliegt gegen den Beifahrer-Spiegel.
Dann gegen die Scheibe.
Wieder zurück auf den Spiegel.
Vielleicht haben sie den Vogel gefüttert.
Jetzt will er sein Futter.
Brot-Krümel?
Auf was wartet der Kleine?
Er zwitschert.
Er piepst.
Er piepst wie ein Vogel-Kind.

Mit einem Ruck stehe ich auf.
Ich renne zu dem Wagen.

Ich kann das nicht!
Ich will das nicht!
Nicht so!

Ich krieche unter das Wohn-Mobil.
Ich ziehe den Ruck-Sack unter dem Wagen hervor.
Ich laufe.
Ich renne mit dem Ruck-Sack auf meinem Rücken.
Weg! Weg!
Weg von diesem Ort.
Von diesem blauen Meer.
Weg von diesem Vogel-Kind.
Ich habe sein kleines Herz klopfen gesehen.

Der Anruf

Mein Herz schlägt ruhiger.
Ich sitze still auf meiner Terrasse.
Auf der Terrasse von dem Ferien-Haus.
Im Garten zwitschern Vögel.
Ein milder Wind bewegt leicht die Pinien.
Der Blick auf das Meer gibt mir Ruhe.

Auf einmal spüre ich Warmes an meinen Beinen.
Zwischen meinen Oberschenkeln.
Ich fühle mit meiner Hand in meine Jeans.
Meine Hand ist feucht.
Als ich sie aus der Hose ziehe,
sehe ich Blut.
Meine Tage!
Ich habe meine Tage wieder!
Alles löst sich langsam in mir.
Alles wird weitergehen.

Am Kiosk kaufe ich mir Zigaretten.
In dem Moment klingelt mein Handy.
Danilo ist dran.
„Katja, wo bist du?“
„Ich bin einkaufen“, sage ich.
Das ist ja auch nicht gelogen.
Aber ich sage ihm nicht,
dass ich in Griechenland bin.

„Lass uns Widerspruch einlegen, Katja.
Widerspruch gegen das Urteil.
Wir werden weitermachen.
Ich verspreche es dir, Katja,
die kriegen lebenslänglich.
Edda und André Möller.
Wir gehen bis zum Bundesgerichts-Hof.
Ich brauche deine Unterschrift,
für den Widerspruch.
Können wir uns nach dem Einkaufen treffen?"

„Das passt nicht so gut", sage ich.
„Und morgen?", fragt Danilo.
„Kannst du morgen früh zu mir ins Büro kommen?"
„Ja", sage ich.
„Schaffst du es bis acht Uhr?"
„Ja."
Und dann sage ich noch:
„Danilo, danke für alles.
Danke für alles,
was du für Nuri und mich getan hast."

„Der Kampf geht weiter!",
höre ich Danilo noch sagen.

Am Abend gehe ich am Strand entlang.
Der Wind ist stärker geworden.
Die Pinien wiegen sich in der Abend-Sonne.

Später sitze ich auf der Terrasse.
Auf dem Handy sehe ich mir das Video an.
Nuri läuft ins Wasser.
Mit Rocco auf den Schultern.
„Mama, komm jetzt.
Bitte, Mama, komm!“

Angekommen

Am nächsten Morgen mache ich mich früh
auf den Weg.
Es ist noch dunkel.
Ich verstecke meinen Wagen wieder
in dem Pinien-Wald.
Ich gehe durch den weichen Sand.
Der Ruck-Sack hängt schwer an meinen Schultern.

Langsam schleiche ich zu den Büschen.
Ich setze mich in den Sand. Ich warte.

Die Tür vom Wohn-Mobil öffnet sich von innen.
Edda und André Möller machen sich wieder warm.
Dann laufen sie los, am Meer entlang.
Sie joggen im kühlen Morgen-Licht.
Ich bleibe hinter meinem Busch.
Ich warte.

Ich warte und wäre beinah eingeschlafen.
Da höre ich ihre Stimmen,
als sie wieder zurückkommen.
Sie machen Dehn-Übungen.
Übungen für die Muskeln, nach dem Laufen.

André Möller steigt in das Wohn-Mobil.
Edda Möller sieht sich um.

Sie ist angespannt.
Dann steigt auch sie ein.

Ich nehme den Ruck-Sack.
Ich verstecke mich nicht mehr.
Ich gehe direkt zu dem Wohn-Mobil.
Ich klopfe nicht an.
Ich drücke einfach den Griff von der Tür.
In der Hand halte ich die Fern-Bedienung.
Ich steige ein.
Und ich zünde die Bombe.

Alles habe ich vor mir gesehen.
Alles habe ich genau gehört.
Alles habe ich genau gespürt.
Immer wieder in meiner Vorstellung.
Ich habe es in die Tat umgesetzt:

Den Knall. Die Explosion.
Die Scheiben zersplittern.
Die Nägel schießen wie Geschosse durch die Luft.
Sie zerreißen die Wände von dem Wohn-Mobil.
Und unsere Körper.
Unsere Augen verbrennen.
Zerschmelzen.
Arme und Beine werden abgerissen.
Feuer zerfrisst die Pinien.
Und unsere Haut wird versengt.

Alles wird schwarz.
Schwarz von dem Rauch.
Der aufsteigt vor dem Blau des Himmels.
Vor dem Blau des Meeres.
Ich bin angekommen.

Über Fatih Akin

Fatih Akin wurde am 25. August 1973
in Hamburg geboren.
Seine türkischen Eltern sind nach Deutschland
eingewandert, wo Fatih Akin aufgewachsen ist.
In Hamburg hat er das Gymnasium besucht.
Schon als Schüler hat Fatih Akin gerne
Kurz-Geschichten geschrieben.
Und er hat auch früh begonnen,
Dreh-Bücher für Filme zu schreiben.
Seit vielen Jahren ist Fatih Akin ein
sehr berühmter Filme-Macher.
Er schreibt Dreh-Bücher für Filme,
produziert Filme und spielt auch selber
als Schauspieler in Filmen mit.
Fatih Akin hat viele wichtige Film-Preise
bekommen.
So wurde sein Film *Gegen die Wand* 2004
mehrfach ausgezeichnet:
mit dem Goldenen Bären, dem Deutschen Filmpreis
und dem Europäischen Filmpreis.
Für seinen Film *Aus dem Nichts* hat Fatih Akin
den berühmten Film-Preis *Golden Globe*
bekommen.
Der Film *Aus dem Nichts* wurde auch für den
höchsten Film-Preis, den *Oscar* 2018, vorgeschlagen.
Den Film *Aus dem Nichts* gibt es auch als DVD.

Bis heute lebt Fatih Akin in Hamburg.
Aber in seinen Filmen baut er auch immer wieder Brücken zwischen Deutschland und der Türkei.
Sehr witzig macht er das in seinem Film *Im Juli*.
Diesen Film gibt es auch als Buch in Einfacher Sprache.

Marion Döbert hat *Im Juli* für den Spaß am Lesen Verlag als Buch in Einfacher Sprache geschrieben.

Wörter-Liste

Seite 7: spießig
gewöhnlich; normal

Seite 11: Koks
Wort für Kokain; Droge aus dem Koka-Strauch; weißes Pulver, das durch die Nase eingezogen wird; Betäubungs-Mittel

Seite 21: Infusion
Nahrung oder Medikamente werden als Flüssigkeit direkt ins Blut geleitet.

Seite 22: DNA
Eine Säure im Körper, die alle Erb-Informationen trägt; jeder Mensch hat seine ganz eigene Chemie im Körper (in den Genen).
Sie ist überall im Körper nachweisbar,
auch in den Haaren, in der Spucke,
an den Finger-Nägeln usw.

Seite 23: Deutsches Rotes Kreuz
Helfer in der Not, in Krisen-Gebieten, bei Krankheiten, in der Sozial-Arbeit

Seite 23: Speichel
Spucke

Seite 23: Befund
das Ergebnis von einer ärztlichen Untersuchung

Seite 24: Planet
Himmels-Körper; ein Planet kreist um die Sonne. Die Erde ist ein Planet.

Seite 28: Nagel-Bombe
Selbst gebauter Spreng-Körper, der mit Nägeln gefüllt ist; bei der Explosion der Bombe fliegen die Nägel wie Geschosse durch die Luft.

Seite 31: Phantom-Bild
Wenn die Polizei eine bestimmte Person sucht, aber nicht weiß, wie diese Person aussieht:
Dann beschreibt zum Beispiel ein Zeuge diese Person; jemand zeichnet diese Person nach dieser mündlichen Beschreibung. Das Phantom-Bild hilft, die gesuchte Person zu finden.

Seite 33: ausschlachten
etwas ausnutzen, um bestimmte Ziele zu erreichen

Seite 33: islamistisch/Islamist
Der Islam ist eine Religion. Islamisten sind Personen, die diese Religion mit Gewalt durchsetzen wollen und andere Religionen verbieten.

Seite 35: fahnden
polizeilich suchen

Seite 35: Nazi
Abkürzung für: National-Sozialist; Anhänger von Adolf Hitler (siehe auch: *Adolf Hitler*)

Seite 36: Mandant
Person, die von einem Anwalt vertreten wird, zum Beispiel vor Gericht

Seite 43: Milieu
Umgebung eines Menschen, in der sehr strenge Verhaltens-Regeln gelten

Seite 44: in die Schuhe schieben
jemanden beschuldigen

Seite 44: Betäubungs-Mittel-Gesetz
Gesetz, das den Besitz, Genuss und den Handel von Drogen und Betäubungs-Mitteln regelt

Seite 44: Wache
Polizei-Büro

Seite 47: Fanatiker
Person, die von einer Idee so überzeugt ist, dass sie sich rücksichtslos dafür einsetzt

Seite 47: Rassist
Person, die das eigene Volk für überlegen hält; Angehörige anderer Völker sind für sie weniger wert.

Seite 47: Attentat
Angriff mit Gewalt; Anschlag, meist aus politischen Gründen

Seite 48: Rache-Akt
jemand rächt sich, bestraft eine andere Person

Seite 48: Mafia
kriminelle Banden, die andere unter Druck setzen und Geld erpressen

Seite 57: Embryo
noch ungeborenes Baby im Mutter-Leib

Seite 61: büßen
eine Strafe erhalten und ableisten

Seite 61: Neben-Klägerin/Neben-Kläger
Person, die außer dem Staats-Anwalt zusätzlich als Kläger auftritt; siehe auch: *Staats-Anwalt*

Seite 62: heimtückisch
gemein; aus dem Hinterhalt

Seite 63: Indiz
bei der Polizei und vor Gericht: Hinweis, Beweis; eine deutliche Spur

Seite 64: Einspruch erheben
Vor Gericht: Ein Anwalt ist gegen eine Aussage oder Forderung und wehrt sich dagegen.

Seite 64: stattgeben
einem Antrag, einer Forderung zustimmen

Seite 66: Staats-Anwältin/Staats-Anwalt
Anwalt, der die Anklage in einem Gerichts-Verfahren übernimmt; Anwalt, der die Rechte eines Staates vertritt

Seite 66: skrupellos
ohne jede Hemmung und Achtung; ohne jedes Schuld-Gefühl

Seite 69: Trommel-Fell
feine, sehr dünne Haut im Ohr;
ermöglicht das Hören;
platzt das Trommel-Fell,
wird das Gehör zerstört.

Seite 72: Geplänkel
Gerede; Reden ohne ein klares Ergebnis

Seite 72: vorknöpfen
jemanden zur Rede stellen; jemanden zur Verantwortung ziehen

Seite 74: Schleswig-Holstein
Bundes-Land in Nord-Deutschland; nördlichstes Bundes-Land

Seite 74: Adolf Hitler
Von 1933 bis 1945 Führer des Deutschen Reiches. Die Partei Hitlers war die NSDAP (Nationalsozialistische Deutsche Arbeiter-Partei).

Seite 77: Volksverhetzung
die Bevölkerung mit sprachlichen Mitteln (zum Beispiel Reden, Zeitungsartikel) auffordern, sich gegen eine Gruppe von Menschen zu wenden

Seite 78: Beileid aussprechen
jemandem sein Mitleid aussprechen bei einem Todes-Fall

Seite 78: unter die Haut gehen
etwas geht einem sehr nahe

Seite 80: Tampon
Stöpsel aus Watte; verhindert, dass Blut nach außen austritt

Seite 81: Tage
Wort für: monatliche Blutung bei Frauen

Seite 94: Haar-Analyse
Chemische Untersuchung der Haare; anhand der Haare kann der Gebrauch von Drogen nachgewiesen werden.

Seite 97: Spuk
etwas Unheimliches oder Schreckliches

Seite 104: Old Dream
Englisch: Alter Traum

Seite 105: Rezeption
Empfang in einem Hotel

Seite 108: falscher Hund
unehrlicher Mensch; Lügner

Seite 108: Kiosk
kleine Verkaufs-Bude

Seite 110: Pinie
Nadel-Baum in südlichen Ländern

Seite 113: Funz
sehr abwertend für: Frau

Seite 113: verkackt
Schimpf-Wort; von dem Wort Kacke = Scheiße

Seite 115: Therapie
Behandlung, die eine Krankheit heilen soll

Seite 120: Widerspruch einlegen
dagegen sein und dies (schriftlich) formulieren; zum Beispiel einen Widerspruch gegen einen Bescheid vom Amt einlegen

Seite 120: Bundesgerichts-Hof
oberstes Gericht in Deutschland

2.1.79

weit weit
gehen in der kälte
am schmerz in den füßen
den boden wieder spüren
der trägt

7.1.79

der mann geht die bahnsteigkante
der U-bahn entlang
nach kippen suchend
reibt er sich die
schmutzigen hände
fährt damit durch
die struppig blonden haare
flaschenrund die
manteltasche
scharfe blicke im rücken

ruhig & langsam
kehrt er um

wenn er mich
nur nicht so
ansehen würde
mit diesen kleinen wachen augen
im brauen gesicht

12.2.79

armer schlucker

gegen
kaum erkennbares
entgelt
schluckt er sein
eigenes feuer
hinunter

im bauch
verbrennt es
magen und därme
unter großen
schmerzen

spuckt er es
aus

setzt es
welten in brand

24.2.79

ein zettel an meiner tür:

ich bin
auf der suche nach
mir
daher bin ich
vorübergehend nicht anzutreffen

bis dahin ist
was aussieht wie ich
nur die verpackung

6.3.79

kleinkariert mein tagebuch
kleinkariert auch ich
möchte in ein tragetuch
reinverkrümeln mich
tragen lassen immerdar
nur der kopf sieht raus
was zwischen diesen beinchen war
sieht wie ein schnuller aus
kleiner wird mein tagebuch
kleiner werd auch ich
wenn ich nach der mutter such
finde ich nicht mich

(völlig vergessen und voller überraschung
dezember 81 wieder aufgefunden)

13.3.79

am ufer
ist das wasser
angekommen
unaufhörlich
kommt es immer wieder an
in kleinen und großen wellen
überschlägt es sich
bei seinen zahllosen ankünften
der sand
hält es nicht fest
es sickert durch
und fließt zurück
liegen bleiben
holzstückchen
muschelteile plastikflaschen
blätter binsenstengel
der alte schuh

der strand ist flach
mit weiten bewegungen
streicht das wasser
drüber hinweg
die teile neu ordnend zu einem
vorläufigen rand aus angespültem
dann entfernt es sich wieder
der sand trug fußspuren
regelmäßige sohlenmuster
sie sind fortgewischt

mit machen ufern
kämpft das wasser schon
länger als es menschen gibt
runde höhlen hat es hineingewaschen
steine zertrümmert
zu sprichwörtern verleitend
die zur geduld
mahnen

21.3.79

schmerzlicher schluß:

mit so
verschiedenen frauen
so ähnliche
erfahrungen:

da komm ich
an mir selbst
nicht mehr vorbei

LAAT ME NIET
ALLEEN

28.3.79

ich bin ein unordentlicher mensch

denn
als das zimmer
endlich aufgeräumt und
gründlich sauber war
alles an seinem platz
da hatte es
all seine geheimnisse
und überraschungen
verloren

23.4.79

acht stunden täglich

ich habe eine
mauer um mich
herumgelächelt –
festgefügt aus den
steinen purer freundlichkeit

sie verbirgt
widerwillen wut & angst
nichtmal die konturen
zeichnen sich ab:

wirklich – ein
guter junge!

außen welt sichtbar
durch die
schießscharten

mit aller kraft
grinse ich
hindurch

20.5.79

beobachtung im bürgerkrieg

als die straßenbahn
steckenblieb
im demonstrationszug
sagte ein familienvater
unter den zuschauern
„einfach durchfahren"
und ich sah in sein gesicht
dieses gesicht

es war
keineswegs verzerrt vom zorn
es war ganz normal
bei diesen worten
und entschlossen

21.5.79

vorschlag für meine grabinschrift

gelebt
hat er nur
die zeit
die er sich
genommen hat

26.5.79

in den ritzen
dieses tages
bin ich zerlaufen
versickert

die spur aus
weißem salz
führt zu
mir

tief
in irgendeinen
dunklen
spalt

29.6.79

mein gesicht
im spiegel:
viel zu
glatt –

einen steinbruch
mittendrin augen

hätte ich
erwartet

23.7.79

zyklischer vorgang

wir sehnen uns
wir kommen uns nahe
wir bekommen uns zu spüren
wir machen uns verletzlich
wir haben angst uns zu bewegen
wir halten still
    in dieser sehnsuchtsvollen nähe
wir erstarren
wir fürchten einander
wir beginnen uns zu hassen
wir bewegen uns
wir schlagen um uns
wir verletzen uns
wir entfernen uns voneinander

wir holen luft
wir ruhen uns aus
wir sehen einander an
wir sehnen uns

26.7.79

mein gesicht:

jeder kann es
sehen

jeder sieht
eines

jedes ist
anders

all diese gesichter
bin ich

und dahinter
bin ich auch

irgend
wo

obwohl jeder
mich sehen kann

28. .79

nur
wenn ich
in die mauer um mich
ein loch hineingeschlagen habe
mit meinen eignen händen
unter schmerzen und mit
großer kraft
kann ich dem ausgang
glauben

als gäbe es
keine türen
als sei den schlüsseln
nicht zu trauen
nicht der funktion der klinke
der drehung des scharniers

als ich heut morgen
an den bodensee kam
da sah er grün aus
grün-grün gestreift
so viele grüns:
eins davon fast blau
ein andres eher grau
vor dem gelblichen grün am ufer
und dem blaugrün dazwischen
neben den vielen andern
unbeschreiblichen grüns
und dazu roch es nach see
tang algen fisch
das war so gut
so gut

6.8.79

die schatzkammern
in mir
möchte ich öffnen

die schätze
suchen und
hervorholen

sie hoch in die
luft werfen
und restlos
verjubeln!

6.8.79

heut bin ich
zu erreichen –

ich kann euch hören
ohne verstärker

schreit doch
nicht so!

6.8.79

wirklich auffällig:

es ist viel leichter
mich an das zu erinnern
was gewesen ist oder
an kommendes zu denken

als zu spüren
wie es ist

grad JETZT

7.8.79

die zeit
die ich mir
nehme

kann ich
den andern
lassen

20.8.79

die frau in der straßenbahn
hat ihre augenbrauen
gezupft gemalt zu einem
hohen bogen gezogen
der ihr gesicht verwandelt
in ein großes fragezeichen

23.8.79

konsequente erziehung

gegen über uns kindern
waren unsere eltern
sich immer
einig

23.8.79

das gewicht
des entschlusses
aus der warmen badewanne zu steigen
läßt mich
wieder zurücksinken

29.8.79

wenn ich mein
eigenes leben
leben will
dann stirbt zuerst
die sicherheit
ihren krampftod

1.9.79

abgeforstet

wenn ich endlich
einmal eine
gute note
nach hause brachte
sagte meine mutter
„zufall"
damit ich mir
nichts einbilden sollte und mir
„die bäume nicht
in den himmel wachsen"

13.9.79

diskussionsbeitrag

ich muß dich
unterbrechen denn ich
fürchte daß ich sonst
vergesse was mir eingefallen ist
bist du zuende geredet hast
hab ich sowieso nicht
zugehört

26.9.79

alles klar

was ich
von der welt
zu halten habe
erfuhr ich
am abendbrottisch
von meinem vater

über liebe

ich kann niemanden
lieben
wenn ich mich nicht
selbst liebe
ich kann niemanden
mehr lieben
als ich mich selbst liebe

niemand
kann mich mehr lieben
als ich mich selbst liebe
was mehr ist
geht über mich hinweg

bei mir also
muß ich anfangen

30.9.79

am abend des
dreissigsten september
neunzehnhundertneunundsiebzig
lagen wir da und hielten uns fest
und fürchteten uns vor dem
kommenden krieg

8.10.79

glück gehabt

und auf dem markt
einen stand gefunden
wo es äpfel gibt

in denen ein wurm
noch überlebt

9.10.79

zu unserer sicherheit
gehen durch den park
polizisten mit
maschinenpistolen & hunden

besorgt
sehen wir uns an

12.10.79

mal ne frage:

wirklich –
was haben wir denn
noch voneinander wenn
unser leben darin besteht
uns beim ertragen
der täglichen scheiße
zu stützen?

30.10.79

strategischer vorgang

ich sage zu dir
„ich liebe dich"
damit du zu mir sagst
„ich lieb dich auch"
damit ich nicht
darüber reden muß
was ich grad für ein
komisches gefühl
zu dir hab

30.10.79

in diesem land
ist es am einfachsten
fein säuberlich
und ohne weitres aufsehen

abzusterben

30.10.79

ich muß sagen
„ich kann nicht"

lang nachdem ich
hätte sagen müssen

„ich will nicht"

30.10.79

die risse
in den wänden
die fugen
zwischen den
mauersteinen

spüre ich auf

genau hinzusehen
habe ich gelernt

meine sinne sind
scharf geworden in
langdauernder enge

11.11.79

ich fahre auf
begradigten straßen
an würfeligen häusern vorbei
dazwischen viereckiger rasen
mit rechtwinkligen wegen
um quadratische beete
in denen stiefmütterchen wachsen
mit noch runden blättern

17.11.79

angst

der chef
das telefon der ungeöffnete brief
das ausfüllende formular das
aufgeschobene gespräch das
stolpern über die eignen füße
die tiefe
hinterm geländer:

ich lasse ihnen
viel mehr angst
zukommen
als sie verdienen
(und das auch noch heimlich)

aus angst vor der angst
noch mehr angst
& knoten im zwerchfell

lang renn ich vor ihr her
bis ich mich endlich
hinlegen kann und
sie über mich hinwegbraust

plötzlich ist dann
alles wieder klar

24.11.79 (für christoph)

verstockt

bei uns zuhaus
gab es keine
unterschiedlichen standpunkte
sondern nur

mißverständnisse

und kinder
die einfach nicht
verstehen
wollten

entflechtung

im gewirr in mir
löse ich
unbeholfen beharrlich
langsam und mit steifen fingern
einen knoten nach dem andern

rissig wird die haut
und blutet
so kann ich
viele rote fäden
verfolgen

1.12.79

seltsam
wie sicher ich mich fühle
wenn ich traurig bin
und wie gefährdet
wenn ich mich freue

13.12.79

ich möchte
zu dir gehen
mich in deinen arm legen
und weinen weinen weinen
bis ich leer bin

und immer noch
sitze ich hier

7.1.80

ein wildes leben
brodelt da drin . . .

ich fürchte
es wird alles um mich
fortreißen
wenn ich mich auch nur
ein wenig öffne

13.2.80

ausrutscher

in mir
ein völlig unhaltbares kichern
angesichts des ernstes der lage

mehrmals
blubbert es am magen entlang
kleine bläschen
bis in die augen

der ernst der lage
ist ernsthaft
in gefahr

27.2.80

draußen
riecht es schon gut
die sonne scheint
seit zehn tagen
die knospen werden dick
ich fühl mich
unverschämt zufrieden

28.2.80

offerte

ich tue
was du dir wünschst
und du
liebst mich dafür

7.3.80

peinliche notiz

täglich
ordne ich meine
verschiedenen schwierigkeiten
& ängste und halte buch über sie
sortiere sie um und
benenne sie neu
seite um seite füllt sich
ohne daß
ich
etwas verändere

10.3.80

meine form des wahnsinns
wird sein:
das völlige verstummen

bis dahin
schreie ich aus
leibeskräften

14.3.80

ultimatum

wenn du
mich festhalten willst
reiße ich dir
die arme aus den schultern

bei dir
bleibe ich
nur freiwillig
oder gar nicht

möchte ich sagen
während ich mich
umschlungen
einkauere

18.4.80

mama's song

ich habe mir
solche sorgen um dich gemacht

ich leide
mit dir

ich leide
wenn du leidest

wenn du leidest
leide ich

an meinem leiden
bist du schuld

du leidest nur
um mich leiden zu lassen

verdammter bengel!

10.5.80

nichts nahrhaftes

eine kleine spinne
läuft am rande
meines tagebuches entlang

an der ecke
wartet sie kurz
und entschließt sich
wieder abzusteigen

13.5.80

grundlos

mir gehts
ganz gut

alles ist bestens
geordnet
übersichtlich angenehm
das essen ist gut
das bett weich
die wohnung warm
die arbeit zu ertragen

kein grund für
dieses pelzige gefühl
im zwerchfell
kein grund

einfach kein grund
da unten

27.5.80

selbstbildnis

das bild
das ich mir
von mir
gemacht habe

hab ich
mir ins eigne fleisch
hineingeschnitten

narben
reißen auf
wenn ich wachse

12.6.80

für kristina

ich mag an dir
diese kleine feine
falte am mundwinkel
sie ist voller
lebenslust und klugheit
und sie
lächelt manchmal schon
bevor du es
gemerkt hast

15.6.80

heut
geb ich mir frei
schreib keinen brief
geh nicht ans telefon
fahr keinen meter
tu keinen streich

häng hektarweise rum
und nütze niemand
und sitz nur da
und sehe meine zehen an
und eine wackelt
ein klein wenig
das ist heut
mein universum

6.7.80

in sicherheit

kaum noch
mit den fingerspitzen
berühren wir uns
vorsicht in jeder pore

meine gedanken
teile ich dir
gelegentlich mit
nach sorgfältiger auswahl

es gibt
keinen ärger

7.7.80

eine offene frage

sie sagen
sie haben es
mit mir
nur
gut gemeint

aber was
haben sie nur
mit „gut"
gemeint?

3.8.80

gedanke auf der brücke:

der fluß
fließt auf mich zu
durch mich hindurch
und rot talabwärts
er wäscht mich aus
und macht mich leer
für neues

9.8.80

verfahrenstechnik

lieber leiden
mich ganz klein machen

damit du dich
meiner erbärmlichkeit
erbarmst

und du mir
den raum den ich brauche
freiwillig einräumst

anstatt mir
diesen raum
einfach zu nehmen!

9.8.80

über wut

wie gehe ich nur um
mit ihr
der kostbaren?

ich mache sie
zum betriebsunfall zur peinlichkeit
ich laufe voll mit schuldgefühlen
ihretwegen
ich gehe ihr aus dem weg
ich laufe vor ihr davon
ich gehe über sie hinweg
ich unterdrücke sie
ich schlucke sie herunter
ich rede sie zu tode

ich will mit ihr
nichts zu tun haben

mit dieser kraft
die mit hilft
auf den tisch zu schlagen – mich
aufzurichten

gebückt
bleibe ich
auf der strecke

10.8.80

ja,
ich kann mich schützen
wirksam schützen
keiner tut mir weh
keiner kommt mir zu nah
keiner lacht mich aus

mir
passiert
nichts
nichts
nichts

einfach garnichts

10.8.80

mitten in der schlacht
ist ein
freundliches wort
gefallen
zwischen uns

da liegt es

wer wird es aufheben
und dabei sein
genick entblößen?

17.8.80

meinen durst
stille ich hastig
meinen hunger
mit schnellen bissen
meine lust
mit hartem kurzem griff

mein leben
bring ich eilig
hinter mich

20.8.80

trockener steiniger brunnen
staub auf dem boden
rissig die wände
leer scheppert der eimer
auf dem grund
als er hochkommt
liegt drin ein runder stein
mit feinen grauen streifen

durstig
fühl ich in der mitte meiner hand
seine wunderbare glätte

22.8.80

kleiner vergleich

SIE
geht mit
ihm
durch
dick und dünn

ER
geht mit
ihr
durch
dick und dünn

24.8.80

selbstgefertigte männerweisheit

du kannst
den hundertmeterlauf
nicht einfürallemal
gewinnen

4.9.80

beobachtung im gras

obschon
in schrägen bögen
hüpft die grille
mit nur einem sprungbein
meterweit

7.9.80

auf sparflamme

ruhig
bin ich geworden
zuverlässig
vor überraschungen
bist du bei mir sicher
ein uhrwerk:
auf tick folgt tack
berechenbar
unweigerlich
schnurre ich ab

und plötzlich
ist meine zeit
um

keines andern menschen weg
kann mich
zu mir selber führen

12.9.80

der schritt nach draußen

die letzten worte
die er sprach hießen:
„ich kann nicht”
sie stand vor ihm
sah auf ihn hinunter
und sagte „du mußt”
und er blieb sitzen
stumm/sah vor sich hin
und entfernte sich sehr weit
das zimmer war hell
grell weiß gestrichen
völlig kahl
nur ein stuhl auf dem
er saß und sich
nicht mehr bewegen konnte
er fühlte nur
eine heiße welle
vom zwerchfell her aufsteigen
lautloses geschrei zerriss
das trommelfell
in der brust ein knirschen
und er trieb auf seinem stuhl
schwimmend im raum herum
langsam schneller werdend
näherte sich einem
riesigen ausguß unaufhaltsam
und wußte: es gibt
kein zurück und fühlte
wie er zerbrach
im enger werdenden kreis

schließlich gab er auf
und konnte plötzlich spüren
wie er flog

als er seine letzte worte dachte
da war er schon
weit fort

23.9.80 (für roland)

auf dem fünfmeterbrett

am äußersten rand
des sprungbrettes

kaum zu glauben
daß das da unten

nur
wasser ist

2.10.80

weglaufen
kann ich
ganz gut
aber manchmal
möchte ich
wiederkommen
dann ist die angst
berge hoch

19.10.80

wanderslust

meine hand
wandern lassen
auf deiner haut
ganz langsam
alles fühlen
und diese
kleine gänsehaut

29.10.80

kleine begebenheit

also neulich
da war ich plötzlich
auf einmal unerhört glücklich
einfach ohne richtigen grund
vielleicht hat mich nur
jemand angelacht/jedenfalls:
mir ist das ganz schnell
ganz unheimlich geworden
und schleunigst
dachte ich an ein paar
unangenehme dinge
bis ich wieder auf den
boden der tatsachen kam
flach & sicher
denn wer hoch fliegt
fällt tief
nichtwahr

16.11.80

befürchtung:

stehen bleiben
– mich einrichten
im mittelmaß

mich mit dem
wenigen
zufriedengeben

mit dem wachsen
aufhören
weil zu mühsam

1.11.80

in den herzen
der folgsamen kinder
nistet knisternd
und raschelnd
die rache

16.11.80

meine liebe heut
hat sich im spiegel gesehen
und ist erschrocken:
klein spitzhüftig kauernd
nicht rund rot strömend
so kann sie sich
nicht blicken lassen
so muß sie sich
verbergen
bis sie wieder
fleisch angesetzt hat
so
glaubt sie mir
ja keiner

28.11.80

nasse kleinstadt
im november
öffentlicher spielplatz
vor der sparkasse
regenlachen auf dem boden
himmel voll drohender
mütterfinger

und dennoch
kleine bäche mit
kleinen brücken
verheißungen
flußaufwärts

sechster dezember

ein jumbo jet
ritzt kondensstreifen
mitten in den himmel

gleich plumpst
der nikolaus
da raus

7.12.80

konterbande

ein kuß
über die grenze hinweg

fast
wäre er

hängengeblieben
im stacheldraht

13.1.81

augen blick

manchmal kann ich das
gar nicht glauben
wie fremd
du mir vorkommen kannst
wenn ich dich
einmal richtig ansehe

ich staune
wer da plötzlich
vor mir steht:

sichtbar
durch den riß
mitten durch das bild
das ich mir
von dir gemacht hab

für einen kurzen moment
ist alles
völlig neu

schritt für schritt

ich gehe
auf zwei beinen:
meinem lachen
und meinem weinen

weil ich das zweite
nicht benützen will

gerate ich oft
ins stolpern

19.1.81

zwischen uns

deine tür
spaltlos verschlossen
da dringt
keine träne durch

vorsatz:

mit roter farbe
auf die große betonwand
sprühen:

jede kälte
hört einmal auf!

20.1.81

auf leben und tod

be ziehung
    ziiiehung
    zerrung

zuziehen

blaue lippen
augen treten raus

kracks

25.1.81

am küchentisch

trotz
rotz & wasser
das gefühl
als kind:

du hast
keine chance

31.1.81

kläglich
ist mir
als sei ich
von meinem innern
ausgesperrt worden

vorhängeschlösser
dicke ketten vor
dicken türen

wenn ich dran rüttle
dann poltern
die dämonen

erschrocken
halt ich still

11.2.81

ich bin
an mauern
entlanggewachsen

die steine
hab ich
zertrümmert

aber
ich trage
noch lang

ihr muster

15.2.81

ein mann
läßt ein
flugzeug mit gummimotor
fliegen

bei der landung
zerbricht es

aber
es ist
geflogen

15.2.81

ein rotes halstuch
bind ich mir um
und bin schon
eine viertelstunde
zu früh am bahnhof
und hab nach all den jahren
immer noch herzklopfen
wenn ich dich abhole

16.2.81

es riecht nach aufbruch
dabei ist erst februar
ein lachen streift durch
meinen bauch und
glitzert durch die poren
ich atme tief und fühl
das prickeln auf der haut
und manchmal hab ich angst
vor so viel unverdientem glück
es riecht nach aufbruch
und mir wachsen kleine flügel
mein rücken ist nicht länger krumm
ich stehe schon
auf meinen eignen füßen
ein bißchen länger
sonne noch und wärme
und ich flieg
davon

felden

27.2.81

vorm sprung
die katze

duckt sich
gebogner rücken
ohren steil

dann

18.2.81

pädagogischer mißerfolg

vergnügt
denke ich daran
wie sie versucht haben
mir das schaukeln
auf dem stuhl
abzugewöhnen

28.2.81

das schärfste s

war das
meiner mutter
wenn sie sagte:

„junge, nimm dich doch ein
bissssschen zusammen!"

2.3.81

ödipus am rosenmontag

der kleine junge
hat den revolver
am bein festgeschnallt
mami ist harlekin
papa zorro
und rächt

22.3.81

vor meiner wut
steht meine angst
hinter meiner wut
wartet meine liebe

24.3.81

durchsage der dämonen

das dicke ende kommt noch!
du wirst schon sehen!
stell dich gut mit denen
die macht haben über dich!
beschwichtige deine feinde!
sorge dafür daß deine herren
zufrieden sind mit dir!
halte deine freunde bei laune!
kämm dein sündenregister durch!
sichere dich rundum ab!

paß auf wenn du dich freust!

sieh zu/daß du alles
unter kontrolle behältst!

26.3.81

meine vage hoffnung

ich weiß nicht
wie es weitergeht
ich weiß nicht
was richtig ist
& was falsch

ich hoffe nur
daß ich im
entscheidenden moment
weiß
was ich will

29.3.81

berufliche aussicht

ich spür noch was
wenn man
mich tritt

ich beiß
die zähne
nicht aufeinander

hart im nehmen
bin ich
nicht

aus mir
wird
nie was werden

jedenfalls
nicht
sowas

14.4.81

was zu sagen ist
haben wir
gesagt

zwischen uns
von scharfen sätzen gefurcht
ein tiefer breiter graben

wir werden
wieder fliegen
lernen müssen

22.4.81

ich hole einen spiegel
sehe hinein und
bin enttäuscht

als hätte ich
jemand anders erwartet

6.5.81

klopfzeichen aus beziehungskisten

immer
schonwieder
nichts alles jedesmal
kein andauernd überall
nirgends keiner
alle
nie

Vorsicht!
Dachlawine

auf den lippen
der wiese
blühen organgegelbe
kroküsse

10.5.81

die politiker
im dialog
mit der jugend:

ungläubig stellen sie fest
daß wir ihnen zutrauen
einen krieg zu beginnen

15.5.81

vorkriegstext

um mich herum
landschaft

wiesen werden gedüngt
man rechnet mit ernten
häuser werden gebaut
kinder freuen sich auf
den geburtstag
gelder werden angelegt
dividenden ausgeschüttet
raten stehen noch aus
und der lohnsteuerjahresausgleich
lehrpläne werden aufgestellt
klausuren geschrieben
urlaub gebucht
die tageszeitung kommt
das fernsehprogramm steht fest
bücher sind noch nicht gelesen
wettervorhersagen noch nicht eingetroffen
schreie stecken noch fest
kinder sind noch nicht geboren

und um mich herum
immer noch landschaft

25.5.81

ich tätschle
der parkuhr
aufs runde tickende haupt

das schildchen
fällt runter
und schenkt mir noch

dreissig minuten
da staunt der
gemeindevollzugsbeamte

8.6.81

pfingstmontag

dem lieben herrgott
den tag
gestohlen

warum
zum teufel
nicht das
ganze leben?

20.7.81

strafarbeit

hundertmal
schreiben:
ich darf nicht sagen
was ich denke

und die eltern
unterschreiben lassen

8.9.81

auflösung

ich gehe
den berg hinauf
gewundene wege

meine spur
verliert sich
im wald

17.10.81

alles ist da
nichts mehr
zu erledigen
jetzt
fehl nur noch
ich

24.10.81

konspirativ

unsere münder
reden noch
von distanz
während unsere hände
geheimverhandlungen führen
über berührungen

unversehens
fühlen sich
unsere lippen

20.10.81

die gitterstäbe

essen ohne hunger
streicheln ohne lust
reden ohne botschaft
trinken ohne durst
lesen ohne neugier
lachen ohne freude
arbeiten ohne sinn

1.11.81

merkwürdige entdeckung

daß in der welt
noch andere maßstäbe gelten
als die
der großen jungen
aus den klassen über mir

und wer sich da noch alles
dran hält

30.11.81

letzter montag im november

heut
hätt ich platz
in einer mittelgroßen
streichholzschachtel

mit angezognen knien
den kopf auf einem
winzigen kissen
warm und dunkel

könnt ich den
winterschlaf antreten
bis tief in den märz
und heimlich wachsen

8.12.81

ich geh
in die einsamkeit

nachsehen

was dann noch
von mir
bleibt

12.12.81

zeitlos
tage meines lebens
sind mir
einfach abhanden gekommen
wochen jahre
hinter mir
von denen ich
nichts mehr weiß

wenn ich die
andern tage
die gelebten

zusammenzähle

dann bin ich
noch sehr jung

21.12.81

kichernd gluckern
kleine glücklichkeiten
kullernd am zwerchfell entlang
durch die kehle bis
in die augenwinkel
rund und fest und
funkelnd

ein zettel an meiner tür...

dringend nötig war der. ich hatte keine andere wahl, als mich auf die suche nach mir selber zu machen. und wer in diesem buch die gleiche aufbruchsfreude sucht wie in der „annäherung", der wird enttäuscht werden. es enthält eine andere entwicklung.

nachdem ich mich aus der enge meiner ehe befreit hatte, nachdem ich in meinem beruf eine neue entscheidung getroffen hatte und in eine andere stadt umgesiedelt war, bin ich mit kristina zusammengezogen. mit ihr hatte ich tiefe liebe kennengelernt und erlebt, gemeinsame kraft und veränderung.

und alles fing wieder von vorn an: die alte enge, die angst, der gegenseitige haß, das mißtrauen, die vorwürfe ... sogar das asthma, das nach meiner trennung schlagartig verschwunden war, packte mich wieder. es dauerte lang, bis ich mir dies alles eingestehen konnte, und das war eine niederschmetternde feststellung. besonders entmutigend war dabei, daß ich diese gefühle ja alle schon so gut kannte. sie waren uralt. in jeder beziehung zu einer frau tauchten sie auf. es gab kein entrinnen.

ich hatte nur zwei möglichkeiten der erklärung: entweder sind alle frauen gleich – oder ich habe mit allen frauen das gleiche problem (das sich auch in intensiven beziehungen zu männern andeutete).

wenn ich also nicht periodisch am gleichen punkt die frauen austauschen will, dann bleibt mir nichts anderes übrig, als an diejenigen probleme zu gehen, die ich

offensichtlich in jede beziehung mit hineinschleppe. das ist ein unangenehmer, schwieriger und schmerzhafter weg, jedenfalls über lange strecken hinweg. aber es ist eine entscheidung für mich selber und für kristina als person, mit der ich leben möchte. dabei werde ich mit all dem konfrontiert, was ich an mir selbst nicht haben möchte und versteckt habe. mein bild von mir selbst ist mir im weg. am schwierigsten ist es, dabei ehrlich zu sein. was herauskommt, ist so anders, als das, was ich geglaubt und gewünscht hatte.
ich habe mir hilfe geholt. ich bin in einer männergruppe (s. auch „nachtcafé" nr. 20), und ich habe mit einer therapie („gestalttherapie") begonnen, und beides hat mir geholfen. ich habe einfach nicht mehr eingesehen, warum ich alles „freihändig" machen soll. ich habe mir hilfe gewünscht und ich kann sie wahrhaftig gebrauchen – ich wundere mich, daß ich so lang gezögert habe, sie mir auch zu holen. kristina ist einen ähnlichen weg gegangen. ich glaube, sonst wären wir längst wieder auseinander und das karussell ginge weiter. ich fühle, daß der boden unter meinen füßen langsam fester geworden ist. dabei hat mir auch die reiche, positive resonanz auf die „annäherung" geholfen, mich auf diese prozesse weiter einzulassen.
ich hätte mich nicht getraut, diese texte zu veröffentlichen, wenn ich nicht wüßte, daß es vielen menschen so geht wie mir. und es sind noch viel zu wenige, die das offen darlegen – viel zu viel fassaden, und darunter ratlosigkeit und resignation. ich nehme sie nicht hin. ich denke, daß frauen häufig eher bereit sind, sich das einzugestehen, als männer. jedenfalls habe ich das um mich herum so erlebt. ich staune, mit wie wenig lebensfreude sich viele männer zufriedengeben. ich glaube, offenheit unter den männen kann da etwas bewegen. deshalb verstehe ich mein buch als ein männerbuch.
es ist auch aus einem andern grund noch ein männerbuch: es handelt von der beziehung eines mannes zu einer frau. manchmal erscheint es mir überhaupt

unmöglich, daß ein mann und eine frau eine gleiche beziehung zueinander haben. zu verschieden sind die gefühle und die sprache, die ziele und die ängste so oft. wenn wir über sexualität sprechen – und viel öfter noch dann, wenn wir sie leben – wird das am deutlichsten. diese gegensätze zwischen männern und frauen haben sich noch durch alle revolutionen hindurchgeschlichen.
nach wie vor bin ich mir sicher, daß meine politische arbeit bei mir selber beginnt. wenn ich selber keine veränderungen riskiere, wenn ich selber in zuständen verharre, unter denen ich leide und die niemand anders als ich ändern kann – wie kann ich dann andere dazu auffordern, etwas zu riskieren? meine wünsche sind so schlicht: ich möchte glücklich sein und ich möchte in einer menschlichen umgebung leben. in vielem steht mir dabei die struktur unserer gesellschaft im weg – in vielem aber auch ich selber. beides läßt sich leicht verwechseln. wenn ich mich selber nicht kenne, dann kann ich das nicht auseinanderhalten. wenn ich diese einfachen wünsche aber wirklich ernst nehme, dann ist es auch unmöglich, bei mir selber stehenzubleiben. hier vertraue ich meinen eigenen erfahrungen.
es sind verschiedene anlässe, dieses buch zu diesem zeitpunkt zu machen. einer der wichtigsten ist der, daß ich mein verhältnis zu meiner arbeit verändert habe (ich arbeite als chemiker an der uni). ich tue meine arbeit gern, aber ich brauche viel mehr zeit für mich, für die beziehung zu kristina, fürs schreiben. und jetzt arbeite ich nur noch drei tage in der woche. dabei gebe ich eine bestimmte art von sicherheit auf, die mich auf die dauer ausgetrocknet hätte. ich bin aber auch zufrieden, daß ich meine arbeit nicht ganz aufgeben muß, nur, weil ich nicht jeden tag acht stunden arbeiten möchte.
ein anderer, ebensowichtiger anlaß ist der, daß ich das gefühl habe, allmählich meine alten muster in der beziehung zu kristina zu durchbrechen (mit aller angst, mir dabei was vorzumachen). langsam, vorsichtig, behutsam wagen wir wieder, mehr von den schönen

seiten zu leben, die in unserer beziehung drinstecken. selbst beim hinschreiben, jetzt, spüre ich noch die vorsicht diesem gefühl gegenüber. dabei hab ich so lang drauf gewartet und bin so froh drüber!

immer mehr menschen sind mit der „null-linie", der wohlgeordneten sicherheit vor höhen und tiefen, nicht mehr zufrieden. immer mehr schubladen öffnen sich. das macht mir mut, und davon brauche ich eine menge.

Hans-Curt.